Herbert Kuhner

Der Ausschluß / Memoiren eines Neununddreißigers

For Klaus Nüchtern
with much gratitude
for your support
and cordial wishes
Harry Kuhner
March 21, 1992

EDITION 39

HERBERT KUHNER

DER AUSSCHLUSS

MEMOIREN EINES NEUNUNDDREISSIGERS

Nachwort von
David Axmann

EDITION 39

Der Ausschluß / Memoiren eines Neununddreißigers
ist von Helma Giannone aus dem Englischen übersetzt worden.

Da-Da-Ga-Ga-Ka-Ka ist von Werner F. Schöller übersetzt worden.

Galerie Luzifer, Ode an Wien, Der große Käse und die kleinen Kartoffeln, Zusammenfassung, Mein Berater, Äußerungen von Dr. Waschlapp, Regierungsbeamter und *Anonymer Anruf in Österreich* sind vom Autor ins Deutsche übertragen worden.

Die Titelgraphik stammt von Jugoslav Vlahović.

Auszüge aus *Der Ausschluß* sind in folgenden Publikationen erschienen:
Wiener Journal 70/71, Juli/August 1986.
Manna 15, Spring 1987, London.
Wiener Journal 87/88, Dezember 1987/Jänner 1988.
Mladje 67, Mai 1988, Klagenfurt.

Druck und Bindung: Wiener Verlag, Himberg bei Wien
ISBN 3-90091500-8

Mike hat mir geraten, dieses Buch unbedingt zu schreiben — und ich sollte es jetzt tun, sagte er. Da Mike zwei meiner Bücher herausgebracht hat und ein alter Freund von mir ist, höre ich gewöhnlich auf ihn. Diese Geschichte hatte mich schon lange beschäftigt, aber ich war mir nicht sicher, ob die Zeit reif dazu war. Wer würde an meinen Zores interessiert sein — und wer sie veröffentlichen? Mein Name ist ja nicht gerade ein Begriff. Schreib's nur, meinte Mike, das wird ein guter Roman. Okay, sagte ich, dann werde ich eben die Gedichte und Geschichten, die aus meinen Erfahrungen in Österreich entstanden sind, zusammensuchen und sie mit einer Rahmenhandlung verbinden. Nein, widersprach er mir, so nicht — erzähl' die Story von Anfang bis Ende! Ich dachte eine Weile darüber nach und beschloß, damit zu beginnen. Was würde geschehen? Würde der Text nach der Fertigstellung flach auf den Rücken fallen und unter den »Leichen« von unveröffentlichten Manuskripten landen? Aber das wäre nicht meine erste Leiche dieser Art. Diese »Toten« sind nur scheintot und man kann sie jederzeit zum Leben erwecken. Ein Verleger muß ihnen bloß Riechsalz unter die Nase halten.

Was habe ich also zu verlieren? Falls es nur ein Manuskript bleibt, werde ich daran auch nicht sterben. Ich wäre schon längst nicht mehr am Leben, hätte ich nach jedem unveröffentlichten Werk ins Gras gebissen.

Im Jahr 1939, als ich vier Jahre alt war, verließ ich mit meinen Eltern Österreich, ehe uns die Todesmühle zermalmen konnte. Andere Mitglieder meiner Familie hatten nicht soviel Glück. Sie blieben zurück und wurden zermalmt. Meine Großmutter starb zu ihrem Glück an gebrochenem Herzen, wodurch sie einem ärgeren Schicksal entging.

1963 kehrte ich nach Österreich zurück. Ich bin nicht schuld daran, daß ich in Österreich geboren wurde, aber man kann mir zum Vorwurf machen, daß ich zurückgekommen bin. Von New York nach Wien zu kommen, ist wie von der Bratpfanne ins Feuer zu geraten. Als ich in New York lebte, kam ich mir entwurzelt vor. Wieder in Wien, wußte ich erst, daß ich wirklich entwurzelt war.

Als Stan und Ollie »In der Fremdenlegion« vom Feldwebel gefragt wurden, warum sie zur Legion gekommen seien, antworteten sie: »Um zu vergessen.« Und auf die Frage, was sie denn vergessen wollten, erwiderten sie: »Das haben wir vergessen.« Wenn ich nun gefragt werde, warum ich nach Österreich gekommen bin, so kann ich nur sagen, daß ich es einmal wußte, aber ebenfalls vergessen habe. Es wird behauptet, daß die Amerikaner gerne Austria mit Australia verwechseln. Wäre das doch mir passiert — dann wäre ich dort — anstatt hier — gelandet! Es war wirklich ein schwerwiegender Fehler, an den richtigen Ort zu kommen.

Wenn ich zurückblicke, so kommt mir die Bratpfanne nicht mehr wie eine

Bratpfanne vor, obwohl die Sommer glühend heiß sind. Aber Feuer bleibt Feuer — und das ist die Geschichte des Feuers.
Ich wußte nicht, was mir bevorstand. Meine Erfahrungen kann ich nur so beschreiben: Dasselbe noch einmal. Vorher war ich nicht imstande gewesen, die Grausamkeit der Menschen anderen gegenüber zu verstehen. Die jüngste Geschichte ist mir immer ein Rätsel geblieben. Jetzt frage ich mich nicht mehr länger, warum und wieso, denn nun weiß ich es.
Ich habe mehr als die Hälfte meines Lebens in Österreich verbracht, und diese Zeit war für mich ein Spießrutendauerlauf. Manche werden vielleicht behaupten, daß ich nur einige Facetten gesehen habe — aber von meiner Sicht aus war es eben so. Ich will nicht behaupten, daß diese Geschichte die ganze Geschichte ist, aber sie ist *meine* Geschichte.
Einige der Charaktere in diesem Buch sind Schurken durch und durch. Sie mögen eindimensional erscheinen, aber so sind sie eben. Sie haben kaum Menschliches an sich. Sie werden als Schurken geboren, sie leben als Schurken — und sie sterben als Schurken. Diese Behauptung wird vielleicht auf Skepsis stoßen — aber sehen Sie sich einmal die Babyfotos des Führers an. Der Ausdruck ist schon da. Das einzige was noch fehlt, ist der Schnurrbart.
Wenn diese Typen in den Spiegel schauen, sehen sie das Ebenbild eines Feiglings und Lumpen vor sich. Sie sind gegen das Recht des Stärkeren, da sie sich zu nichts anderem als zum Intrigieren eignen. Und jeder, der tüchtig und fähig ist, muß unschädlich gemacht — oder sonstwie ausgebootet werden. Sie sind sich schon sehr früh im klaren darüber, daß sich dazu am besten Verschlagenheit und Verlogenheit eignen — die übelsten Formen der Diplomatie. Ihr Gespräch dreht sich immer um die Demokratie. Sie sind Demokraten zwar dem Namen nach, aber Anhänger totalitärer Grundsätze in Gedanken und Taten. Sie und ihresgleichen können nicht mehr offen innerhalb des Gesetzes töten. Aber sogar in der Vergangenheit haben diese Typen nicht selbst den Finger am Abzug gehabt. Sie hatten immer ihre Vasallen, um die Drecksarbeit für sie zu verrichten. Heute operieren sie auf dieselbe Art und Weise. Sie werden von Haß und Neid angetrieben. Ihre Waffen sind Verleumdung und Diffamierung, aber sie benutzen Lakaien für die große Arbeit. Und es gibt genug Lakaien zur Auswahl. — Offensichtlich beschreibe ich nicht den Mann von der Straße, sondern Politiker, Kulturfunktionäre und »Intellektuelle«.
Dies ist kein Schlüsselroman. Man braucht dazu keinen Schlüssel, denn das Schloß ist offen. Wenn mich jemand beschuldigt, schmutzige Wäsche zu waschen, so muß ich mich schuldig bekennen. Ich wasche jedenfalls nur ein paar Stücke. Wollte ich die ganz Wäsche waschen, so könnte ich keinen Trog finden, der groß genug dafür wäre.

Die Geschichte ist noch nicht beendet. Zum Zeitpunkt des Schreibens ist kein Schluß in Sicht. Ich kann daher nicht vom Anfang bis zum Ende erzählen. Wahrscheinlich werde ich ohne Schluß auskommen müssen.
Der Prolog hatte 1938 in der Wohnung meiner Großmutter stattgefunden; damals war ich drei Jahre alt. Es läutete an der Tür und ich lief hin, um zu öffnen. Meine Mutter brachte mich schnell in Sicherheit, als zwei Männer in Straßenkleidung eintraten. Einer von ihnen, ich erinnere mich noch genau daran, trug einen braunen Anzug und hinkte. Der Mann mit dem braunen Anzug stieß meine 83jährige Großmutter vom Schrank weg und durchsuchte ihn. Und wirklich war ihr Haushaltsgeld darin versteckt.
Als ich an meinen Geburtsort zurückkehrte, um hier zu leben, hatte ich das Gefühl, ich sei nie fort gewesen.

Wenn Menschen unter unerträglichem Druck stehen, so explodieren sie: die einen innerlich — und die anderen äußerlich. Ich gehöre nicht der ersten Kategorie an; ich glaube an Selbstverteidigung, nicht an Selbstzerstörung. Darum geht es in diesem Bericht. Das mag nach sauren Trauben klingen, aber es sind wirklich solche. Die Trauben werden auf den folgenden Seiten ausgepreßt. Der Wein wird nicht jedermann schmecken. Denn er wird sicherlich sauer sein, aber unverfälscht. Ich werde ihn nicht wie die Weinpanscher behandeln, die dem Wein durch beigemengte Frostschutzmittel ein duftiges Bouquet verliehen.

Wie hat alles begonnen? Die in Australien geborene Janie Baber sagte zu dem in Österreich geborenen Harry Kuhner, daß er nicht in der Zeitschrift *Österreich in Wort und Geist* publizieren könne, da er kein Österreicher sei. Frau Baber wurde im Land der Känguruhs und Koalas als Kind österreichischer Eltern geboren und kam in sehr jungen Jahren nach Österreich. Ich bin in Österreich geboren und in sehr jungen Jahren in das Land des Kahlkopfadlers gebracht worden. In Österreich zu bleiben, hätte den sicheren Tod bedeutet. Unser beider Lebensumstände hätten die Grundlage gegenseitigen Verständnisses schaffen können. Daraus wurde nichts. Denn Janie Baber behauptete, diskriminiert zu sein, weil sie nicht in Österreich geboren war, ich hingegen wurde diskriminiert, weil ich nicht in Österreich geblieben war.
Die Nürnberger Gesetze sind 1935, in meinem Geburtsjahr, eingeführt worden. Ich bin lange Zeit der Meinung gewesen, daß sie zehn Jahre später außer Kraft gesetzt wurden, aber anscheinend hatte ich mich getäuscht. Ich konnte mich nicht zurückhalten und entgegnete Baber, ich

hätte nicht gewußt, daß diese Gesetze noch immer gültig seien. Damit hatte ich mir eine lebenslange Todfeindin geschaffen.
Wäre ich damals nach Timbuktu gegangen statt zurück nach Österreich, und wäre ich dort zurückgestoßen worden, wäre das gewiß kein angenehmes Erlebnis gewesen. Aber ich bin nicht in Timbuktu geboren und niemand in Timbuktu hat meine Großmutter weggestoßen. Das ist in Österreich passiert. Deshalb muß ich für meine Großmutter und für all jene, die wie sie weggestoßen wurden, sprechen — für diejenigen, die von der Kredenz weggestoßen wurden, und für diejenigen, die in den Tod gestoßen wurden.
Es dauerte nicht lange, bis die Dinge ihren Lauf nahmen. Bald erfuhr ich, daß man sich nicht gegen ein mächtiges Establishment stellen kann, ohne teuer dafür zu bezahlen. Ich war eher naiv und unerfahren als mutig. Ich hatte keine Ahnung, was vor mir lag. Als man mir den Fehdehandschuh hinwarf, nahm ich ihn auf, statt ihn liegen zu lassen. Aber er wurde mir auf eine derart beleidigende Weise hingeworfen, daß ich ihn einfach aufnehmen mußte. Nachdem ich die Herausforderung angenommen hatte, entdeckte ich, daß meine Gegner eine Bande von Schleichern, Vasallen und Jasagern waren, die einander zwar verachteten, sich gegen einen gemeinsamen Feind aber fest miteinander verbündeten. Zumal, wenn der Feind ein Außenseiter war. Außenseiter müssen draußen bleiben. Als es sich bei meinen Gegnern herumgesprochen hatte, daß ich mich mit einem von ihnen angelegt hatte, war es um mich geschehen. Höhnische Bemerkungen aus dem Hinterhalt wurden geduldet, aber offen gegen sie aufzutreten, das war unverzeihlich!
Ich wurde zum Freiwild erklärt, und täglich wurde zur Jagd geblasen. Ich hatte wie Douglas Fairbanks stets etliche Gegner zur gleichen Zeit zu bekämpfen. Doch meine Waffen waren nicht Dolch und Degen, sondern Schreibmaschine und Photokopierer. Ein Komplott folgte dem anderen und jede Intrige zog neue nach sich. So gelangte ich in ein Labyrinth, aus dem es keinen Ausweg zu geben schien. Eine falsche Bewegung — und ich bekam plötzlich einen Tritt oder einen Schlag auf den Kopf; doch wohin ich mich auch drehte, es war immer die falsche Richtung. Die Zerstörer des Geistes leisten gründliche Arbeit.
Ich muß gestehen, daß ich meistens draufgezahlt habe. Wie hätte ich auch so einem Gefecht gewachsen sein können? Einem Gefecht? Nein, es war kein Gefecht, es war ein Krieg. Als er begann, ahnte ich nicht, was mir bevorstand. Ich wußte zwar, daß es einen Kampf geben würde, doch ich dachte, er würde nur eine kurze Zeit dauern und nicht zwei Jahrzehnte. Obwohl ich meistens den kürzeren gezogen habe, bin ich nie in die Knie gegangen oder zu Boden geworfen worden.

Meine Geschichte ist eine Odyssee vom Feuer zur Pfanne und wieder zurück zum Feuer. Rückblickend erkenne ich, daß die Pfanne keine Pfanne mehr ist, aber das Feuer immer noch das Feuer. Ich will damit nicht sagen, daß — geographisch gesehen — dies der einzige Ort auf der Erde ist, wo es Flammen gab, aber hier sind viele verbrannt worden. Ich bin nicht unbeschadet davongekommen, aber verglichen mit anderen sind meine Brandwunden ziemlich gering. Ich bin zum Tatort zurückgekehrt, um zu entdecken, daß viele Veränderungen nur an der Oberfläche erfolgt sind. Ich habe nie beabsichtigt, Memoiren zu schreiben, aber ich muß jetzt meine in Österreich erlebten »Abenteuer« mitteilen. Ich lege jedoch keine Konfessionen ab. Mein Privatleben ist mein Privatleben. Gewisse Erlebnisse habe ich schon in andere Arbeiten integriert. Das will ich nicht aufwärmen. Ich verabscheue literarischen Exhibitionismus. Ich bin nicht Henry Miller, der meinte, jede Flatulenz genau beschreiben zu müssen. Ich möchte den Leser nicht mit meinem alltäglichen Leben langweilen. Natürlich könnte ich meinen Bericht mit einigen pikanten sexuellen Phantasien würzen. Da ich Mike kenne, weiß ich, daß er dies nicht gutheißen würde. Für diejenigen, welche erotische Romane bevorzugen, verweise ich auf meinen Roman *Der Fließbandprinz* (ein bißchen Eigenwerbung kann nicht schaden). Darin kommt eine Szene vor, in der ich zwar selbst beteiligt bin, die ich aber nicht erlebt, sondern nur erfunden habe, und in dieser Szene lasse ich — aus literarischen Gründen — meiner erotischen Phantasie freien Lauf.
Zurück nun zu den *Memoiren!* Es gibt im Leben jedes Autors Situationen, die man fast als Geschenke des Himmels betrachten muß. Sie erscheinen einem wie Diktate göttlichen Ursprungs. Meine in Österreich verbrachten Jahre, die für mich wahrlich nicht angenehm waren, haben mich mit literarischem Stoff versorgt, der einfach aufgeschrieben werden mußte. Vielleicht sollte ich den Quellen der Inspirationen sogar dankbar sein. Da ich einen Schuh aus der Alten Welt und einen aus der Neuen Welt trage, vermag ich einen Steptanz vorzuführen, der eine Bereicherung des transatlantischen Varietés werden könnte.
Beim Tanzen aber »singe« ich. Wie wird dieses Lied aufgenommen werden? Es ist anzunehmen, daß jede Tat eine gegensätzliche Reaktion nach sich zieht. Es wird daher vielleicht einen Epilog geben. Aber was können sie dann tun — fluchen und toben? Ich hätte nichts dagegen. Mich verklagen? So dumm werden sie nicht sein. Mich zu einem Tapetenwechsel zwingen? Vielleicht würden sie mir damit sogar einen Gefallen tun. So fest klebe ich nicht.
Es ist besser, sie nicht zu unterschätzen, sagte mir meine innere Stimme. Wer weiß, was sie noch alles in petto haben?

Apropos Tapetenwechsel. Vor einiger Zeit hatte sich Prof. Dr. Helga Schramm in die »zweite Emigration« begeben. In einer Fernsehreportage sah man sie in London, umgeben von der literarischen Elite Englands. Auf die Frage, warum sie Österreich verlassen habe, antwortete sie: »Weil Korruption und Intrige dort herrschen.« Dies kam mir vor, als ob sich ein Chefkoch über das Essen in seinem Restaurant beklagte. Gewiß, Schramm zog bei einigen Intrigen den kürzeren; aber man kann nicht sagen, daß sie nichts mit dem zu tun hatte, was in der Küche geschah. Ihr freiwilliges Exil war von sehr kurzer Dauer; sie kam unangemeldet zurück, um drei große Literaturpreise in Empfang zu nehmen.

So etwas könnte mir nicht passieren. Würde ich — angekündigt oder nicht — abreisen, so gäbe es viele, die erleichtert aufatmen würden, und keinen Köder legen, um mich zurückzulocken. Ein Exil in London würde mir wirklich nichts ausmachen — wäre ich nur mit einer Sinekure versorgt.

Aber zurück zur Sache und zu Janie Baber. Nachdem es sich herumgesprochen hatte, daß Baber mich wegen meiner »Nationalität« abgelehnt hatte, war ich buchstäblich entwaffnet, als ich eines Tages eingeladen wurde, in ihrem Journal zu veröffentlichen. Ich sandte etliche Gedichte ein, und erstaunlicherweise wurden einige wirklich abgedruckt. Wenig später wurde die Nummer des Journals von dem Literaturkritiker E. S. im Österreichischen Rundfunk besprochen; der lobte meine Arbeit und bezeichnete mich als Entdeckung. Einige Zeit danach wurde ich ersucht, Prosatexte von mir in Babers Redaktion zu bringen; man wollte sie in einer der nächsten Nummern publizieren. Ich tat wie verlangt; bald darauf kamen meine Texte, rot angestrichen, per Post zurück. In dem Begleitbrief hieß es, meine Prosa sei banal und zur Veröffentlichung in einer Literaturzeitschrift ungeeignet. Man hatte mir bloß die Wange gestreichelt, um mich dann zu ohrfeigen. Diesmal war ich nicht wegen meiner »Nationalität«, sondern wegen mangelnder Qualität abgelehnt worden.

Die Taktik ist offensichtlich: Durch die Veröffentlichung meiner Gedichte war ich effektvoll neutralisiert worden; meine Texte konnten nun in dem Journal nicht mehr erscheinen, solange Frau Baber dort das Sagen hatte. Es wurde mir zugetragen, daß sie behauptete, mir einen groben Brief geschrieben zu haben, da ich ihr ständig nachgelaufen sei — und nicht nur wegen der Veröffentlichung, wie man durchblicken ließ. Dazu kann ich nur sagen: hätte ich den Nobelpreis ihrer Gunst zu verdanken, wäre dieser Preis zu teuer.

Frau Baber erklärt unverfroren, eine Altruistin zu sein, die sich für die österreichische Literatur aufopfert. Natürlich würde sie nie daran denken, ihre Stellung zu benützen, um sich mehr Macht zu verschaffen und ihre eigenen Arbeiten zu fördern. Ja, sie hat sich wirklich um Kollegen gekümmert. Ihre Bemühungen, andere aufzuhalten, übertreffen sogar ihre Bemühungen, selbst weiterzukommen. Es muß deprimierend für sie gewesen sein, so viele Jahre hindurch eine Monatszeitschrift herauszubringen. Sie konnte ja nicht gut jeden Autor ablehnen. Bestimmt litt sie unter Frustrationen. Den Autorinnen machte sie es besonders schwer. So sagte Baber etwa zu Anna Rilla, einer Autorin, deren Buch in dem Journal total verrissen wurde, daß man schon im vorhinein wisse, wie eine Besprechung ausfallen werde. Man müsse nur den richtigen Rezensenten finden. Rilla wählte jedoch nicht den Weg der Konfrontation, sondern wandte die Integrationstaktik an. Sie verachtete Baber damals (und tut es auch heute), aber sie wurde ihre Freundin.

Ein Autor, der Ähnliches erlebte, war Otto Laaber. Von den Texten der 180 österreichischen Autoren, die ich übersetzt habe, liegen mir seine Gedichte besonders am Herzen. Ich will nicht behaupten, daß die Ablehnung, die ihm wiederfuhr, der einzige Grund für seinen Selbstmord war, aber sie machte ihm das Leben nicht leichter. Tatsächlich haben von den 45 Lyrikern, die in *Austrian Poetry Today* enthalten sind, sieben den Freitod gewählt. Das kann kein Zufall sein. H. K. kann nicht der einzige sein, der »Abenteuer« erlebt hat. Aber H. K. wird nicht schweigen, sondern alles berichten.

Man muß hinzufügen, daß sich nicht nur Künstler zu einem solchen Abschied vom Leben entschließen. Österreich liegt in der internationalen Selbstmordstatistik an der zweiten Stelle. Was sind die Hintergründe? Die hiesigen Wölfe tragen maßgeschneiderte Schafspelze.

Freund und Feind kann man nicht immer voneinander unterscheiden. Und wenn man in Schwierigkeiten gerät, kommt es oft zu einem Anschluß der einen an die andere Art. Die österreichischen Schutzpatrone sind Pontius Pilatus und Judas. Ein Verrat kostet nicht viel. Dreißig Blechstükke genügen. Dies half 1938 dem Führer, nach Österreich zu gelangen. Die Geschichte von der Vergewaltigung Österreichs in aller Kürze: Vor der Untat schrie das Opfer auf und hob die Röcke hoch.

Hitler hat den Haß nicht eingeflößt. Er hat nur den aufgestauten, schwelenden Haß freigesetzt. Der Boden war bereit für die Saat. Er mußte nur noch bewässert werden — und das wurde er auch. Leider hat die Pflanze nicht aufgehört zu wachsen, als Adolf aus dem Leben schied.

Die Geschichte des Führers ist ebenfalls die eines Remigranten. Der berühmteste Superemigrant kam Anfang dieses Jahrhunderts nach Wien, um als Adolf Schickelgruber Kunstgeschichte zu studieren. Nach seinen Erfahrungen mit Kollegen und Kulturfunktionären ging er als Adolf Hitler nach Deutschland. Jahre später kam er unter dem Beifall der Massen zurück. Er war einer von ihnen und kehrte zurück, um sie heimzuholen ins

Reich. Der österreichische Junge hatte es zu etwas gebracht.
Heutzutage nehmen die Aktionisten und Konsorten dieselbe Route; die Straße zum Erfolg führt von Österreich nach Deutschland und wieder zurück. Erst wälzt man sich in Exkrementen und dann wälzt man sich in D-Mark und Schilling. Einige dieser Hin- und Herreisenden sind von braunbefleckten Vätern gezeugt worden. Sie sind aus dem gleichen Holz geschnitzt, wollen sich aber im allgemeinen rot bepinselt sehen.
Die deutsche Kultur wird stark von Österreichern dominiert. Die Deutschen neigen zur Einfachheit und lassen sich gerne an der Nase herumführen. Sie finden Zirkus und Magie in der Kunst faszinierend. Adolf hat das hinreichend bewiesen. Sie waren die ersten, die auf ihn hereingefallen sind. Er hatte sein ganzes Repertoire bereits vor ihnen abgespielt, bevor er seine Show über die Grenzen brachte.
Meine Odyssee hatte mich von Wien nach London, Tunbridge Wells, Edinburgh, New York, Princeton, Locust Valley, Trenton, wieder nach New York geführt und dann geradewegs nach Wien zurückgebracht. Als ich nach Wien kam, rutschte ich gleich auf mehreren literarischen Bananenschalen aus. Ich war schon ein gebranntes Kind, aber das Beste sollte noch kommen. Der Weg nach Wien war eine Sackgasse, ein *cul-de-sac extraordinaire.*
Im Gegensatz zu Stan und Ollie, die in die Fremdenlegion eintraten, um zu vergessen, bin ich nicht nach Österreich zurückgekehrt, um zu vergessen. — Aber ich vergaß trotzdem. Waren es die Werte der Alten Welt, die mich angezogen hatten? War es der weniger hektische Lebensstil? War es die Suche nach meinen Wurzeln? Eines stand fest: entwurzelt war ich mehr denn je. Obwohl ich jetzt nicht in den USA lebe, bin ich überzeugt, daß ich meine amerikanische Identität behalten habe. Großbritannien und die Vereinigten Staaten haben mich gerettet. Mit vier Jahren habe ich meine Kindersprache gegen eine Sprache eingetauscht, die zu meiner Muttersprache werden sollte. Da ich meine ersten Schuljahre in Internaten verbrachte, hatte ich Deutsch bald vergessen und begann es mit vierzehn Jahren aufs neue zu erlernen.
Man hat mir, als ich nach Wien zurückkehrte, keinen roten Teppich entrollt, sondern ein Nagelbrett vor die Füße gelegt. Die Nägel sind mit der Zeit nicht stumpf geworden — sie sind noch genau so spitz wie früher. Vielleicht sogar noch spitzer.
Seit Oktober 1963 wohne ich in der Gentzgasse. In dem Haus schräg gegenüber hat Egon Friedell gelebt. Als die Gestapo im März '38 ihn abholen kam, sprang er vom Balkon seiner Wohnung im dritten Stock. Immer, wenn ich die Gentzgasse Richtung Gürtel hinuntergehe, komme ich an der Stelle vorbei, wo er damals tödlich gelandet ist.

Im Jahr 1946 haben meine Eltern die österreichische Staatsbürgerschaft aufgegeben und die amerikanische angenommen. Dadurch wurde ich Amerikaner; und das bedauere ich keinesfalls. Meine Staatsbürgerschaft war für meine Gegner eine willkommene Ausrede, mich daran zu hindern, in Österreich etwas zu erreichen. Aber es gibt auf jedem Stipendium- und Literaturpreis-Formular eine Klausel, die besagt, daß jeder, der als Österreicher vor dem Anschluß geboren wurde, einreichen darf. Andere sind nicht mit dieser Ausrede abgewiesen worden. Die Tatsache, daß ich meine Kenntnisse benützte, österreichische Literatur international zu verbreiten und acht Bücher mit Übersetzungen österreichischer Lyrik zu veröffentlichen, wovon drei bedeutende Anthologien sind, hat daran nichts geändert. Diverse Stellen zwecks Subventionen für die Herausgabe von *Austrian Poetry Today* abzuklappern, war ein Alptraum ohnegleichen. Die Taktik, auf die ich dabei überall stieß, lautete:
TROSTLOSES VERTRÖSTEN!
Einer meiner Hiobs-»Ratgeber« gab mir unaufgefordert den folgenden Rat: Sprache und Staatsbürgerschaft wechseln! Das erstere könnte ich nie, und das letztere würde ich nie tun. Ich könnte wohl um die österreichische Staatsbürgerschaft ansuchen, ohne aber meine amerikanische aufzugeben. Ich sehe jedoch keinen Grund, um etwas anzusuchen, das ich nie aufgegeben habe. Die Beseitigung einer Ausrede würde nur eine andere nach sich ziehen.

Ich bin als Katholik erzogen worden, aber in den späten Teenagerjahren vom Glauben abgefallen. In den Vereinigten Staaten macht man kein Aufhebens davon; in Österreich muß man formell austreten. Als der Führer in Österreich einmarschierte, führte er eine Kirchensteuer ein; nach seinem Abgang sah die Kirche keine Veranlassung, die Steuer aufzuheben. Vor einigen Jahren schickte mir die Kirche Rechnungen für Leistungen, die ich nie in Anspruch genommen hatte. Als ich der Kirchenbeitragstelle schrieb, daß ich amerikanischer Staatsbürger sei, bekam ich weitere Rechnungen ohne Erklärung. Eine Zeitlang zahlte ich aus Faulheit. Solange man atmet, muß man zahlen. Es sei denn, man geht mit seinem Taufschein zum Magistrat und läßt sich amtlich den Kirchenaustritt bestätigen. Man muß der Kirche aber trotzdem zahlen, was man ihr an Kirchensteuer noch schuldet; dann hat man endlich Ruhe.
Ich bin vier Jahre lang in eine katholische Schule gegangen und vier weitere in die Sonntagsschule. Es gab zwei Nonnen, die besonders warmherzig zu mir waren: Mother Batchelor in Großbritannien und Sister Elenita in den Vereinigten Staaten. Ich bin nicht religiös, aber ich bin nicht über

meine katholische Erziehung verbittert. Firlefanz, Mummenschanz und mystisches Drum und Dran haben mir immer zugesagt. Mir gefällt die Geschichte von der Krippe in Bethlehem und ich bin nach Franz von Assisi getauft worden, der die Gesellschaft anderer Lebewesen den Menschen vorzog.
Der Katholischen Kirche von Österreich wollte ich damals aus folgenden Gründen nicht länger angehören:
Am 18. März 1938 schickte Kardinal Theodor Innitzer einen Hirtenbrief aus, in dem er den Anschluß billigte und den Gläubigen empfahl, sich dazu zu bekennen. Damals wußte er natürlich sehr wenig über den Führer, aber er kam bald dahinter. Adolf erwies sich als undankbar und ließ die Hitlerjugend das Erzbischöfliche Palais erstürmen. Während Innitzer sich hinter einer Geheimtür versteckte, wurde das Palais verwüstet und einer seiner Priester aus einem Fenster geworfen. Da ging dem Erzbischof ein Licht auf.
Als die Sozialisten im Jahr 1970 mit einer Minderheitsregierung zur Macht gelangten, wollten sie die Abtreibung legalisieren. Ein Jahr später erreichten sie die Mehrheit. Bei der Wahl 1975 setzten sie ein Abtreibungsgesetz auf ihr Programm. Die Kirche stachelte die Konservative Partei auf, sich mit allen Mitteln dagegenzustellen — und damit Wähler zu verlieren. Laut Kirche ist Abtreibung Mord, und das neue Gesetz habe »Mord« legalisiert. Die Propaganda gegen die Legalisierung war enorm. Ein »ehemaliger« Nazijournalist nannte die Abtreibung »das Ausschwitz der Liberalen«. Ein anderer, einst Mitglied der Rollkommando-Banden, die in der Kristallnacht jüdische Geschäfte, Wohnungen und Tempel geplündert und verbrannt hatten, veröffentlichte auf der Kulturseite seiner Zeitung das Bild eines Fötus, der zum Mordopfer geworden war. Die Kirche blieb jedoch in der Wahlkampagne neutral und gab keine Wahlempfehlung für die Partei ab, die sich gegen den »Mord an Ungeborenen« gestellt hat. Eine Doppelstrategie par excellence!
Die Sozialisten gewannen die Wahl und das Gesetz trat in Kraft. Seit damals gibt es in Österreich pro Jahr ungefähr 100.000 legale »Morde vor der Geburt«.
Nummer drei in der Trinität meiner Austrittsgründe ist das kulturpolitische Programm der Kirche — wie es sich etwa am Beispiel des verstorbenen Monsignore Leo Sauer von der Galerie St. Johann zeigte. Sauer forderte das *poète maudit*-Element in der österreichischen Kultur; dessen Inbegriff sind *épater le bourgeois* und buchstäblich *emmerder le monde.* Dazu gehörten die Veranstalter und Akteure der berühmten Fäkalienorgie in der Aula der Wiener Universität im Sommer 1968 sowie andere sado-masochistische Extravaganzen. Durch diese Verrichtungen sind sie zu

Erfolg, Staatspreisen und Universitätsprofessuren in Österreich und Deutschland gekommen.
(Mehr über Sauer und seine Günstlinge später.)
Ich bin gefragt worden, warum ich mich nicht zum Judentum bekenne. Darauf kann ich nur erwidern: Warum soll ich Tweedledee annehmen, wo ich doch schon Tweedledum abgelehnt habe? Ich bin auch gefragt worden, warum ich mich nicht auf jüdische Themen beschränke. Ich behandle sie, wenn sie mir unterkommen — aber warum soll ich mich nur auf sie konzentrieren? Ich wollte nicht ein Ghettobewohner oder ein Ghettoschriftsteller werden. Aber die Identität wird einem ohnedies aufgeprägt — ob man sie haben will oder nicht. Ein Journalist, der über mich schrieb, nannte meinen Geburtsort die Mazzesinsel, wie der 2. Bezirk genannt wurde, als noch Juden dort wohnten, und vermutete, daß ich bei meiner Erstkommunion und Firmung sicherlich eine Kopfbedeckung getragen hätte.
Ich wurde von meiner Mutter in die griechische Mythologie eingeführt; obwohl ich meinen Katechismus lernte und die Nonnen in mir die Angst vor dem Höllenfeuer entzündeten, zog ich die Mythologie stets den Bibelgeschichten vor. Ich finde die Hauptfigur der Bibel nicht sympathischer als die Bewohner des Olymp. Und ich glaube, daß die Lebensgeschichte der Götter aufregender — und auch besser geschrieben ist.
Als ich mit zwölf Jahren gefirmt wurde, war ich noch religiös, aber die Saat der Ketzerei begann schon aufzugehen. Statt den Namen eines herkömmlichen Heiligen nahm ich den Namen Richard an. Es muß offenbar einen St. Richard gegeben haben, da die Nonnen nichts dagegen einwandten, aber ich wußte nichts über ihn. Mein Namensvetter war Richard Löwenherz. Damals las ich Walter Scott; ich war mir nicht sicher, wer oder was mein Held wirklich war.

Die Sozialisten und die Konservativen sind die zwei Großparteien in Österreich. Es gibt auch eine dritte politische Kraft — die sogenannte Freiheitliche Partei. Sie wurde nach dem Krieg gegründet, und zwar für jene, die eine braune Vergangenheit haben. Die Übriggebliebenen sind von den Sozialisten und den Konservativen geschluckt worden, die um den Löwenanteil konkurrierten. Die heutige Freiheitliche Partei war bis vor kurzem aus »Liberalen« und »Nationalen« zusammengesetzt. Das nationale Element sorgt sich um die Reinheit der deutschen Sprache und Kultur und ist der deutschen Nation treu ergeben. Es gibt ungefähr dreißigtausend zweisprachige Kroaten, zwanzigtausend zweisprachige Slowenen und hunderttausend sogenannte Gastarbeiter in Österreich. Stellen diese eine Gefahr für die Sprache und Kultur von sieben Millionen

Österreichern dar? (Die größte Vorkriegsminderheit ist von Hitler fast vollkommen ausgerottet worden.) Das liberale Element war so liberal, daß es nichts dabei fand, sich mit den Nationalen zusammenzutun. Ein Kampf zwischen diesen beiden ungleichen Gesellen war unvermeidlich, und der kam denn auch im Herbst 1986 zum Ausbruch.

Bruno Kreisky, der die Sozialisten im Jahr 1970 zur Macht führte, hat sich als guter Politiker im schlechtesten Sinn erwiesen. Er war der erste Nachkriegskanzler, der bekannte ehemalige Nazis in sein Kabinett gebracht hat. Obwohl Kreisky selbst ein Opfer des Dritten Reiches war, ließ er das Vergangene ruhen. Kreisky hat, mehr als jeder andere, braune Gesinnung in Österreich wieder hof- und salonfähig gemacht.

Es dauerte nicht lange, bis die Farbe sichtbar wurde. Im Jahr 1971 unternahm Leopold Gratz, ehemaliger NAPOLA-Schüler und damaliger Unterrichtsminister, eine Reise nach Holland, um dortige Schulen und Universitäten zu besuchen. In seiner Begleitung waren vier Minister, die früher braune Parteibücher besessen hatten. Der Freiheitliche Parteivorsitzende und ehemalige SS-Offizier Friedrich Peter, der nach dem Krieg Schuldirektor gewesen war, kam als Draufgabe für die Holländer hinzu. Die Gastgeber zeigten sich jedoch nicht gastfreundlich. Sie veranlaßten ihre Gäste zur sofortigen Abreise.

Während des Wahlkampfes im Jahr 1975 zogen die Sozialisten eine Koalition mit den Freiheitlichen in Betracht, falls sie selbst die Mehrheit verlieren sollten. Dies hätte bedeutet, daß Peter von Kreisky zum Vizekanzler gemacht worden wäre. Als Simon Wiesenthal mit der peinlichen Tatsache, daß Peters SS-Einheit eine Todesbrigade war, an die Öffentlichkeit trat, wurde ein parlamentarischer Untersuchungsausschuß beauftragt — doch nicht, um Peters, sondern um Wiesenthals Vergangenheit zu untersuchen. Bruno Kreisky übernahm damals die Rolle des Nazijägers und beschuldigte Wiesenthal, den Holocaust als Nazi-Kollaborateur überlebt zu haben. Mit anderen Worten: Er gab ihn zum Abschuß frei.

Die Bombe, die im Haus des »Kollaborateurs« 1982 losging, hatte eine lange Zündschnur.

Die Sozialistisch-Freiheitliche Koalition wurde im Jahr 1983 gebildet. Im Winter 1984 wurde Walter Reder, ein Nazikriegsverbrecher, aus italienischer Haft entlassen. Friedhelm Frischenschlager, der Freiheitliche Verteidigungsminister, flog nach Graz, um den alten Soldaten mit einem Handschlag willkommen zu heißen. Dies war eine Gräte im Hals der Sozialisten, aber viele schluckten sie ohne Schwierigkeiten. Die Konservativen schlugen im Parlament Krach, lächelten aber nur schwach, als einer ihrer Bürgermeister Reder ein Jagdhaus zur Verfügung stellte. (Die beiden Großparteien bepinseln einander braun, wenn sie glauben, es sei vorteilhaft, aber sich selbst von der braunen Farbe zu reinigen, würde ihnen nicht im Traum einfallen.) Die Katholische Kirche spielte auch mit, indem sie Reder Unterkunft bot, bis das luxuriöse Quartier bereitstand.

Reder hatte übrigens seine österreichische Staatsbürgerschaft in den dreißiger Jahren aufgegeben, bevor Österreich zur Ostmark wurde, um in Deutschland eine SS-Karriere zu machen. Er mußte nicht um die Wiedererlangung der österreichischen Staatsbürgerschaft ansuchen; sie wurde ihm auf einem Silbertablett nebst einer Pension und anderen Vergünstigungen serviert. Kein Emigrant kann sich einer solchen Behandlung samt rotem Teppich und Ministerbegrüßung rühmen.

Es gab noch eine Gräte zu schlucken, als im Jahr 1985 Frischenschlager eine Gedenktafel für Generaloberst Alexander von Löhr enthüllte, der vor 1938 die Österreichische Luftwaffe aufgebaut hatte. Löhr hatte tatsächlich gute Arbeit geleistet und trat mit der Luftwaffe nach dem Anschluß erstmals in Aktion. Zu Löhrs »Heldentaten« gehörte die Bombardierung von Belgrad, bei der 17.000 Menschen getötet wurden. Löhrs Karriere endete im Jahr 1947, als er wegen seiner Kriegsverbrechen in Jugoslawien hingerichtet wurde. Nach einer Pressekampagne und öffentlichem Protest wurde die Gedenktafel entfernt, aber der Minister blieb im Amt.

Die Sozialisten sind es gewohnt, Gräten hinunterzuschlucken. Als ein Parteimitglied und angesehener Gerichtspsychiater wegen seiner Vergangenheit im Dritten Reich unter Beschuß kam, wurde die schützende Parteihand über ihn gehalten. Dieser Mediziner war für die Tötung »geistig behinderter« Kinder verantwortlich gewesen. Nach dem Krieg hatte er vier Jahrzehnte lang im Gerichtswesen gewirkt und darüber zu entscheiden, wer geisteskrank war oder nicht. Heute lebt er in achtbarem Ruhestand und wird noch immer bei Kriminalfällen herangezogen. 1983 ist er, vor Enthusiasmus überschäumend, von einer Besichtigungstour psychiatrischer Kliniken in der Sowjetunion zurückgekehrt. Ja, die Sozialisten nehmen sich ihrer Genossen wirklich an, auch wenn diese ehemalige *National*-sozialisten sind.

(In eine österreichische Nervenheilanstalt eingeliefert zu werden, ist weit weniger schwierig, als wieder freigelassen zu werden. Der Gerichtspsychiater und der Amtsarzt können einen ins Irrenhaus befördern. Wenn das Benehmen einer Person verdächtig erscheint, kann man den Amtsarzt ins Haus schicken, und dieser ist befugt, die Einlieferung anzuordnen. Wenn ihm der Eintritt in die Wohnung verweigert wird, kann er sich ihn mit Polizeigewalt verschaffen. Wenn einem also mit diesem Herrn gedroht wird, sollte man dies ernstnehmen. Vor nicht allzu langer Zeit erzählte eine Lehrerin im Fernsehen eine haarsträubende Geschichte über eine gewaltsame Einlieferung in eine Heilanstalt. Sie hatte das Glück gehabt, wieder herauszukommen und ihre Geschichte erzählen zu können.)

Viele ehemalige Nazis sind zu Gegnern des Totalitarismus und zu Befürwortern der Demokratie geworden. In den meisten Fällen hat diese Wandlung während des Zusammenbruches des Dritten Reiches stattgefunden. Nach Kriegsende wurde alles getan, um diese Bekehrten in die neue Gesellschaft einzugliedern und ihnen die Möglichkeit zu geben, ihre Fähigkeiten dem Gemeinwohl zur Verfügung zu stellen.

Dieser Geist der Versöhnung wird auf exemplarische Weise durch einen Artikel vom Frühjahr 1986 in *dem* katholischen intellektuellen Wochenblatt veranschaulicht. *» Vom NS-Saulus zum Parlamentarier-Paulus.* Wir haben Friedrich Peter hinsichtlich seiner ungeklärten NS-Vergangenheit immer scharf kritisiert. Dem Parlamentarier Peter gebührt jedoch Respekt.« Der Autor gibt zu, daß es Peter nicht gelungen sei, sein Ziel zu erreichen — nämlich die Freiheitliche Partei für Juden wählbar zu machen. (Die jüdischen Wählerstimmen in Österreich zu gewinnen, ist von geringer politischer Bedeutung. Durch historische Umstände bedingt, ist die jüdische Gemeinde in diesem Land von 220.000 Mitgliedern auf 8.000 geschrumpft.)

Es gibt einen kleinen Unterschied zwischen Peter und Paulus: Die Vergangenheit des biblischen Paulus ist ein offenes Buch.

Im Jahr 1983 hielten die Sozialisten wiederum Peters Steigbügel, als sie seine Bewerbung zu einem der drei Nationalratspräsidenten unterstützten. Aber eine Pressekampagne sowie öffentliche Proteste verhinderten Peters Nationalratspräsidentschaft.

Ein anderer Freiheitlicher wurde 1983 Justizminister. Er soll gesagt haben, daß er sich als Deutschösterreicher betrachte, sich nicht an Österreich als Nation gebunden fühle und außerdem die Niederlage der Armeen des Dritten Reiches bedauere.

Man hat den Österreichern vorgeworfen, daß sie mit der Vergangenheit nicht konfrontiert werden wollen. Aber während Kurt Waldheims Präsidentschaftswahlkampf im Jahre 1986 hat die Vergangenheit der Gegenwart einen Schlag ins Gesicht versetzt. Das häßliche Gespenst der Vergangenheit bewirkte, daß viele ihr wahres Gesicht — oder besser gesagt, ihre wahre Farbe zeigten. Das Vokabular mancher Politiker und Journalisten erinnerte deutlich an den Sprachschatz vergangener Zeiten. Leiter jüdischer Organisationen wurden als »ehrlose Gesellen« bezeichnet, von der »internationalen jüdischen Presse« und von der »Verschwörung des Weltjudentums« war die Rede. Die »guten alten Tage« schienen wieder gekommen zu sein.

Der Kandidat der Konservativen, Kurt Waldheim, schien an Gedächtnisschwund zu leiden, was gewisse Aspekte seines Militärdienstes in den Kriegsjahren betraf. Und — man höre und staune! — ausgerechnet Bruno Kreisky nahm die Gelegenheit wahr, seinen ehemaligen Freund anzugreifen. Als ob ihn eine braune Kutte jemals gestört hätte.
Leute, die in Glashäusern sitzen, sollten nicht mit Steinen werfen; aber das hat die Sozialisten nicht davon abgehalten, den Mann mit Steinen zu bewerfen, der im Glaspalast in Manhattan herrschte. Das Forschen in Waldheims Vergangenheit wurde zum Bumerang für die Sozialisten und half ihrer Zielscheibe, die Wahl zu gewinnen.
Friedrich Peter bezeichnete seine Tätigkeit in der SS als Erfüllung seiner Pflicht. Kurt Waldheim hat in den dreißiger und vierziger Jahren vielleicht nicht denselben Eifer wie Peter an den Tag gelegt, aber er gebrauchte dasselbe Klischee von der Pflichterfüllung.
Waldheim konnte den Aufruhr nicht verstehen. Für den ostmärkischen Turnierreiter war nur sein Pferd braun. Während des Krieges hatte er lediglich seine Heimat verteidigt. Seine Dissertation aus dem Jahr 1944, die eine von Deutschland dominierte Einigung Europas bejahte, war seinem Gedächtnis entschwunden. Waldheims Doktorarbeit stellte die These auf, daß die Schweiz, die von Adolf nicht okkupiert worden war, sich freiwillig Deutschland unterwerfen würde.
Man kann Waldheim in diesem Fall wirklich nicht vorwerfen, opportunistisch gehandelt zu haben, da sich das Reich zu dieser Zeit bereits in Auflösung befand. (Waldheim ist übrigens als Dissertant in guter Gesellschaft. Der österreichische Verhaltensforscher Konrad Lorenz, der 1973 den Nobelpreis erhielt, postulierte in seiner Dissertation die Überlegenheit der Herrenrasse.)
Bundeskanzler Kurt Schuschnigg war der Mann, der Hitler den Schlüssel zu Österreich ausgehändigt hatte. Bei einer Diskussionsrunde in den siebziger Jahren erklärte er, daß er und seine Kollegen nicht überlebt hätten und nicht ihre Geschichte erzählen könnten, wenn Österreich damals Widerstand gegen Hitler geleistet hätte. So schön diese Erzählungen auch sein mögen, so wäre es vielleicht doch schöner, wenn von einer anderen Vergangenheit Österreichs berichtet werden könnte. Im Februar 1984 erklärte Friedhelm Frischenschlager, damals Freiheitlicher Verteidigungsminister, daß es für Österreich Selbstmord bedeutet hätte, im März 1938 Widerstand zu leisten. Tausende Menschen wären in einem sinnlosen Kampf geopfert worden.
Aber wurden nicht Millionen Menschenleben geopfert in dem sinnlosen Kampf, der ein Jahr später begann? In dem Krieg, der sechs Jahre lang dauerte? Blut, das nicht im Kampf gegen Hitler geflossen war, floß später

im Kampf für Hitler. Doch es kann nicht mit dem Blutvergießen *durch* Hitler verglichen werden. Die Gesamtzahl der Todesopfer ist erschütternd: Charlie Chaplin mag vielleicht — auf Grund seiner äußeren Ähnlichkeit — die ideale Besetzung für Adolf gewesen sein (und er hat ihn auch wunderbar imitiert), aber die echte »Komödie« hat 55 Millionen Menschenleben gekostet.

Man kann einen Mann nicht dafür verdammen, daß er kein toter Held ist, aber er soll für blöde und bösartige Erklärungen zur Rede gestellt werden. Hier zwei Beispiele dafür: Äußerungen des ehemaligen Wehrmachtsverbindungsoffiziers und späteren Bundespräsidenten:

»Sicher haben wir gewußt, daß es Lager gegeben hat. Aber ich kann ihnen versichern, daß ich nicht gewußt habe, daß es diese Gaskammern gegeben hat. Ich habe nicht gewußt, was man mit den Juden und auch den anderen Menschen gemacht hat, weil es nicht nur Juden waren, die in diesen schrecklichen Lagern ausgerottet wurden...«

»Es ist allgemein bekannt, daß sie (die internationale Presse) vom Jüdischen Weltkongreß beherrscht wird.«

Österreich hörte 1938 auf zu existieren und wurde zur Ostmark, einer Provinz des Deutschen Reiches. Jene, die für das Reich kämpften, kämpften nicht für Österreich. Waldheim kämpfte in Frankreich, Griechenland, Jugoslawien und in der Ukraine gegen die, die ihre Heimat verteidigten. Das Reich wurde, über seine Grenzen hinweg, in Europa und Afrika »verteidigt«. Auf deutschem Boden wurde erst Krieg geführt, als sich das Blatt wendete und die Armeen des Reiches zurückgeschlagen wurden. (Ein österreichischer Heereskommandant a. D. rückblickend über seinen Dienst in der Wehrmacht: »Ich empfand sie als Refugium von Recht und Ordnung in der braunen Flut.«)

Jene Österreicher, die im wahrsten Sinne des Wortes für ihre Heimat gekämpft hatten, endeten meist in Folterkammern, unter der Guillotine oder am Galgen. Und ihre Zahl war beträchtlich. 2.700 wurden sofort hingerichtet, 16.000 starben in Gestapohaft, und von den 82.000 Österreichern, die in Konzentrationslagern umgebracht wurden, waren 16.000 sogenannte politische Häftlinge. Von den 247.000 Österreichern in der Deutschen Wehrmacht wurden 74.000 wegen »Zersetzung«, Befehlsverweigerung oder Desertion zum Tod, zu schweren Kerkerstrafen oder zu mörderischen Einsätzen in Strafkompanien verurteilt.

Waldheim wurde im Wahlkampf von einem naiven Studenten gefragt, warum er denn damals nicht der Widerstandsbewegung beigetreten sei. Der zukünftige Präsident erwiderte: Wenn er und Hunderttausende andere Österreicher Widerstand geleistet hätten, so wären sie alle umgebracht worden. Der springende Punkt: Wäre der Widerstand gegen die

Nazis tatsächlich so groß gewesen, wäre die Militärmaschinerie zusammengebrochen.
Im Jahr 1971, als Waldheim zum ersten Mal für das Amt des österreichischen Bundespräsidenten kandidierte, hatte er gesagt: »Die Unterstellung, ich sei Nationalsozialist oder gar Jude, muß ich mit aller Entschiedenheit zurückweisen!« Gott bewahre, daß man ihn verdächtigt, Jude zu sein! (Kreisky kann leider letzteres nicht bestreiten. Aber er hat gesagt: »Die Juden sind ein mieses Volk« — und er hat als Individuum sein Bestes getan, diese Behauptung zu bestätigen.) Waldheim jedoch nimmt eine versöhnliche Position ein: »Mit jüdischen Mitbürgern habe ich überhaupt kein Problem... Meine Englischlehrerin war eine Jüdin.« Die Lehrerin des jungen Waldheim hingegen hatte sehr wohl »Probleme«. Sie ist entweder rechtzeitig ausgewandert, oder sie ging in Rauch auf.
Waldheims Herkunft ist tschechisch. Als die Russen im Jahre 1968 die Tschechoslowakei okkupierten, stellte er seine Unparteilichkeit unter Beweis. Als Konservativer Außenminister paraphierte er damals eine Weisung, die österreichische Botschaft für Tschechen, die um Visa ansuchten, zu schließen. Diese Anweisung wurde zum Glück vom damaligen Botschafter Rudolf Kirchschläger ignoriert. (Waldheim war ein erfahrener Paraphierer. Seine Initialen standen unter geheimen Kriegsberichten, er lobte sogenannte Sühnemaßnahmen — aber er wußte nichts von 50.000 Judendeportationen aus Saloniki, wo er 1942—1943 stationiert war.)
Im April 1945, in den letzten Kriegstagen, befehligte Kirchschläger eine Gruppe von 1.200 Mitgliedern des Volkssturms und der Hitlerjugend gegen die Russen. Dabei starben 200 im Kampf, und 800, inklusive Kirchschläger, wurden verwundet. Kirchschläger hat dies nicht publik gemacht, als er sich im Jahr 1974 um die Bundespräsidentschaft bewarb. Es ist 1986 allgemein bekannt geworden, und 1987 sagte er: »Widerstand schien mir sinnlos damals... Wir haben den Gesetzen des Reiches gehorcht.« Waldheim dazu: »Der Soldat, wie Kirchschläger gesagt hat, hat eben Befehle ausgeübt... Dieser hat auch davon gesprochen, daß er seine Pflicht gegenüber den damaligen Gesetzen erfüllt habe.« Frage: »Waren das verbrecherische Gesetze?« Waldheim: »Ich habe nicht die Absicht, zu Erklärungen meines Vorgängers Kommentare abzugeben.«
Ein anderes Beispiel für Waldheims diplomatische Objektivität ist sein Kommentar über das »Kozara-Massaker«, den militärischen Einsatz gegen jugoslawische Partisanen im Jahr 1942. »Es hat sich nicht um Massaker gehandelt, es gab damals heftige Kämpfe«, sagte Waldheim. »Es war ein grausamer Krieg.« In Kozara fielen 5.000 Partisanen, 12.000 wurden gefangengenommen. In der darauf folgenden Säuberungsaktion wurden 68.000 Zivilisten getötet, darunter 23.000 Kinder. Auf seiten der Deut-

schen Wehrmacht waren 35 Verluste zu beklagen. In Waldheims Tagebüchern werden die Partisanen als »Banditen« bezeichnet.
Bei seiner ersten Pressekonferenz fragte man den neugewählten Bundespräsidenten, ob Emigranten jetzt endlich eingeladen würden, nach Österreich zurückzukehren, da nach 1945 eine solche Einladung niemals ausgesprochen worden war. Um zu zeigen, daß er sein Herz am rechten Fleck hat, erwiderte er: »Ich werde der Sache nachgehen.« (Jetzt muß ich aufstehen und verkünden: »Emigrantenkollegen, wenn meine Erfahrungen als allgemeiner Maßstab gelten können, dann bleibt, wo ihr seid!«)
Beim Parteikongreß der Freiheitlichen am 13. September in Innsbruck 1986 triumphierte das »nationale« Element über das »liberale«. Der junge Norbert Steger wurde vom noch jüngeren Jörg Haider als Parteiobmann abgelöst. Als wegen der Reder-Affäre 1984 Friedhelm Frischenschlager vehement zum Rücktritt aufgefordert worden war, da er den »letzten österreichischen Kriegsgefangenen« in Österreich willkommen geheißen hatte, verteidigte Haider den Verteidigungsminister: »Ich hätte mich getraut, mein Vermögen zu wetten, daß Bruno Kreisky, wäre er heute noch Bundeskanzler, Reder empfangen hätte.« (Ein beträchtlicher Teil von Jörg Haiders Vermögen besteht aus »arisiertem« Land, das seinen jüdischen Besitzern nach dem Anschluß weggenommen wurde.) Kreisky hat Reder tatsächlich in dem italienischen Schloß, in dem dieser gefangen war, besucht und sich für Reders Freilassung eingesetzt.
Vielleicht hat Kreisky ein verständnisvolles Herz für Nazis auf Grund seiner Erfahrungen, die er in seinen »Memoiren« beschreibt. In den dreißiger Jahren wurde er zweimal inhaftiert; zuerst von den Christlich-Sozialen, als sie im Jahr 1933 an die Macht kamen, und fünf Jahre später von den Nationalsozialisten. Laut Kreisky war die Behandlung während seiner ersten Haft weitaus rauher, außerdem schloß er damals Freundschaft mit Mithäftlingen, die zufällig Nazis waren. Als Kreisky 1938 wieder inhaftiert wurde, legten seine ehemaligen Mithäftlinge ein gutes Wort für ihn ein, sodaß er freigelassen wurde und nach Schweden emigrieren konnte, wo er die Kriegsjahre verbrachte.
Als Frischenschlager sich öffentlich für seinen Handschlag entschuldigte, um seinen Posten zu behalten, griff ihn sein früherer Verteidiger Haider an. (Nach seiner Entschuldigung wiederholte Frischenschlager immer wieder, daß er nicht verstehe, was er denn falsch gemacht habe.) Haider erklärte, »Reder hat seine Pflicht getan... Für mich hat es eine Ära gegeben, in der es zu kriegerischen Auseinandersetzungen gekommen ist, in die unsere Väter verwickelt waren... und das hätte ja schließlich und endlich dem Vater von jedem von uns passieren können.« Zur Pflichterfüllung Reders gehörte das Massaker an 270 Frauen, Kindern und alten

Leuten in der italienischen Stadt Marzabotto im Oktober 1944. Noch ein Ausspruch Haiders: »Ich betrachte mich als Schützer der Generation, die dieses Land aufgebaut hat... den Männern des Ersten und Zweiten Weltkrieges, die ihr Leben gaben, um ihrer Heimat die Zukunft zu sichern.«
Haider vor SS-Veteranen: »Ihre Opfer sind und sollen nicht umsonst gewesen sein. Ohne ihren Opfermut gäbe es heute nicht jene Freiheit im westlichen Europa, die für viele schon so selbstverständlich ist.«
Der Enthusiasmus eines Haider-Anhängers für seinen jungen Führer war grenzenlos: »Mit dem Steger würde ich nicht'mal auf Urlaub fahren, aber mit dem Haider würde ich nochmals nach Rußland marschieren.« Haiders Kommentar dazu: »Bittschön, das ist ja eine Frage der Kameradschaftlichkeit. Der wollt' zum Ausdruck bringen die Vertrauenbasis, die da ist, nicht? Das ist also auch ein langjähriger Mitstreiter... Und wenn dort ein Altsoldat auf einem Freiheitlichen Parteitag emotionell etwas aussagt, was überhaupt nicht bösartig ist, sondern wo er zum Ausdruck bringen will eine Vertrauensbasis, dann wird das inkriminiert.«
Friedrich Peter machte klar, daß er mit Haider nirgendwohin wolle. Peters Vergangenheit mag vielleicht »ungeklärt« sein, aber er möchte sie nicht wieder aufleben lassen. Der Rechtsruck der Partei unter Haider, dessen Mentor er einmal war, war für Peter zu extrem, sodaß er sich von seinem ehemaligen Schützling lossagte. Haider bestreitet, daß die Freiheitliche Partei eine Nachfolgeorganisation der NSDAP ist. »Denn wäre sie dies, hätte sie die absolute Mehrheit.« Ein junger freiheitlicher Abgeordneter im Burgenland war jahrelang Schriftleiter von *Sieg*, einer Zeitschrift, die als Nachfolgerin des *Stürmers* gelten kann. Vor laufenden TV-Kameras behauptete der »Schriftleiter«, daß die Existenz von Gaskammern in Auschwitz Basis für einen wissenschaftlichen Streit sei. Haiders Kommentar: »Ich glaube, daß er als junger Mensch sehr zukunftsorientiert ist.« Der Konservative Kandidat für die Position des Landeshauptmanns meinte: »Ich möchte diesen jungen Politiker nicht vorverurteilen.«
Nach dem Parteikongreß in Innsbruck sagte ein Gefolgsmann Haiders zu Frau Steger: »Der Steger gehört vergast!« Ein anderes Mitglied der siegreichen Fraktion klagte: »Schad', daß unser neuer Obmann nicht Hitler heißt — der hätt' den Steger gleich erschossen!« Ein anderer Gefolgsmann erklärte: »Ich ziehe eine gute Diktatur einer schlechten Demokratie vor.«
Haider ging außerdem auf die österreichischen Schriftsteller los: »Wir werden keine Österreichbeschimpfung dulden, wie sie von subventionierten Schriftstellern praktiziert wird. Die FPÖ läßt unsere schöne Heimat nicht beschmutzen.« (Ich glaube nicht, daß dies auf mich zutrifft, da ich »kein Österreicher« bin und wirklich nicht als subventionierter Autor be-

zeichnet werden kann. Außerdem habe ich ja an der österreichischen Landschaft nichts auszusetzen, sondern nur an einigen, die sie bevölkern.) Später allerdings sagte Haider, »daß die österreichische Nation eine ideologische Mißgeburt gewesen ist«.
Nachdem Haider Steger abgelöst hatte, erklärte der sozialistische Kanzler Franz Vranitzky, daß er die Koalition mit der Freiheitlichen Partei unter Haider nicht fortsetzen wolle, und rief zu Neuwahlen am 23. November 1986 auf. Der konservative Herausforderer Alois Mock schloß jedoch eine Koalition mit Haider nicht aus.
Während die zwei Großparteien miteinander konkurrierten, wer von ihnen das kleinere Übel sei, stellte sich heraus, daß die Freiheitliche Partei das größte von drei Übeln war. Haiders Entlastung und Weißwaschung der Kriegsgeneration trug Früchte. In der Wahl von 1983 hatten die Freiheitlichen 5 % der Stimmen erhalten; 1986 konnte sie unter Haider doppelt so viele Stimmen einheimsen und die Großparteien schwächen.
Die Haltung der Konservativen wurde am besten durch deren damaligen Generalsekretär Michael Graff ausgedrückt; dieser erklärte, daß die Sozialisten Haider akzeptieren würden, falls dieser einen Blumenstock nach Mauthausen brächte. Da Kreisky einst mit Peter nach Theresienstadt gereist ist, könnte Graff vielleicht mit Haider nach Mauthausen fahren.
(Wie Kreisky waren auch andere gewillt, das Vergangene ruhen zu lassen. Anläßlich des Kreisky-Peter-Besuches Ende der siebziger Jahre in Theresienstadt hatte sich ein österreichischer Journalist jüdischer Abstammung Peter demonstrativ genähert und ihm die Hand gereicht. Hätte diese Begegnung in den frühen vierziger Jahren stattgefunden, so wäre sie nicht so herzlich abgelaufen.)
Offenbar ist das Verhöhnen von Millionen Ermordeten grenzenlos!
Die Hauptfrage nach der Wahl war, ob die zwei Riesen einen Festhaltegriff praktizieren — oder ob sich die Konservativen in Haiders Würgegriff begeben würden. Der kleine David konnte nicht verlieren. Er hatte die Möglichkeit, entweder mit seiner Steinschleuder beide Goliaths anzugreifen — oder einen zu Boden zu werfen, während der andere zusah. Schließlich haben die Konservativen den Festhaltegriff dem Würgegriff vorgezogen. — Die Wellen hatten sich wieder einigermaßen geglättet, als plötzlich der Name des Bundespräsidenten auf der amerikanischen *Watch List* erschien. Wer war für diese Entscheidung verantwortlich? Der alte Sündenbock wurde wieder hervorgezerrt. Michael Graff formulierte es so: »Die amerikanische Regierung und der Jüdische Weltkongreß sind voneinander nicht zu trennen.« Kein Zweifel, der Antisemitismus erlebte eine Renaissance. Uncle Sam heißt in Wirklichkeit Uncle Samuel. Und der rot-weiß-blaue Zylinder verdeckt ein schwarzes Käppchen.

Der Geist kam über den Konservativen Vizebürgermeister von Linz, dieser ergänzte das Neue Testament um eine Epistel. Nach der Lehre Hödls bedienen sich die Juden stets eines Stellvertreters, der für sie die Arbeit erledigt. So wie sie Pilatus dazu brachten, Christus zu kreuzigen, brachten sie den amerikanischen Justizminister dazu, Waldheim auf die *Watch List* zu nageln.

Bald nach der Rückkehr des Papstes aus Südamerika, wo er zu einer Aussöhnung zwischen Opfern und Tätern aufgerufen hatte, ging der Heilige Vater mit gutem Beispiel voran, indem er den roten Teppich für den österreichischen Bundespräsidenten ausrollte. Der Papst empfing das Staatsoberhaupt, nicht die Privatperson, während die *Watch List* der Privatperson — und nicht dem Staatsoberhaupt — die Einreise verwehrt. Dies wäre eine ideale Situation für eine gespaltene Persönlichkeit. Der arme Waldheim war entweder halb willkommen oder halb unerwünscht.

Der Papst ist dafür bekannt, daß er jedes Staatsoberhaupt empfängt und mit jedem zum Gebet niederkniet, der bereit ist, in die Knie zu gehen — auch wenn der Knieende einer der berüchtigtsten südamerikanischen Verbrecher ist. Eigentlich hatte das Waldheim-Büro um die Einladung im Vatikan ersucht, aber das hielt jüdische Organisationen nicht davon ab, sich zu empören. Demgemäß lautete die Schlagzeile eines Konservativen Partei-Blattes: *Juden fallen über den Papst her!*

Graff konnte es nicht lassen. Über Waldheim sagte er: »Solange nicht bewiesen ist, daß er sechs Juden eigenhändig erwürgt hat, gibt es kein Problem.« Das war Graffs letzte Erklärung als Generalsekretär der Konservativen. Die Juden, die nicht erwürgt oder vergast worden waren, und ein paar andere machten ihm den Boden heiß. Daraufhin nahm er seinen Hut. Vielleicht hat Waldheim in Graff einen treuen Freund gehabt; aber braucht, wer solche Freunde hat, noch Feinde? Und Waldheim ließ seinen treuesten Verfechter fallen wie eine heiße Kartoffel.

Aber die »Show« geht weiter. Die Journalisten, auch wenn sie sich hie und da aufregen, haben keinen Grund, sich zu beklagen. Es gibt keinen Mangel an Stories. Im Gegenteil, sie müssen sich sehr anstrengen, stets auf dem laufenden zu sein.

Am 13. Januar 1988, fünfzig Jahre nach dem Anschluß, traf Kurt Waldheim nochmals ins Schwarze. Bei einem Empfang für Repräsentanten der internationalen Staatengemeinschaft sagte er: »Mitverantwortung an dem, was im Jahre 1938 geschehen ist, hat aber auch die internationale Staatengemeinschaft zu tragen, die einem kleinen Land gegen die Aggression einer übermächtigen Diktatur nicht beigestanden ist.« Was Waldheim dieses Mal vergaß, ist, daß das »kleine Land« nicht um Beistand gebeten hat.

Am 8. Februar 1988 hat die Historikerkommission ihren Bericht über Waldheims Kriegsaktivitäten der österreichischen Regierung übergeben. Die erste Reaktion des Bundespräsidenten: Er verlangte von Bundeskanzler Franz Vranitzky, dieser möge den Bericht zurückweisen (welchen notabene Waldheim und der Konservative Vizekanzler Alois Mock früher gefordert hatten). Als Vranitzky dies ablehnte, drohte Waldheim, die Regierung aufzulösen. Danach behaupteten der Präsident und seine Getreuen, daß der Bericht ihn entlastet hätte. Sie klammerten sich an die Erklärung, daß ihm ja kein Kriegsverbrechen nachgewiesen werden konnte.
Der Bericht bestätigte, daß Waldheim ein Verbindungsoffizier gewesen war, der Befehle für Deportationen und Vergeltungsmaßnahmen paraphiert und weitergeleitet hatte. Als er jedoch von den Historikern darüber befragt wurde, konnte er sich an keine Details erinnern. Davor und danach hatte Waldheim immer wieder beteuert, ein reines Gewissen zu haben.
Als die Lawine internationaler Empörung auf ihn zurollte, stellte Waldheim fest: »Man muß die Situation in Österreich zur Ruhe bringen, dann wird sie sich auch im Ausland beruhigen« und präziser: »Wenn eine Miorität glaubt, sie muß diese Polemik weiter vorantreiben, dann muß man dafür sorgen, daß diese Gruppe einmal eine Ruhe gibt.«
Fritz König, Klubobmann der Konservativen, erläuterte das Vogel-Strauß-Syndrom so: »Die Waldheim-Debatte muß aufhören. Wenn wir damit aufhören, tun es vielleicht auch die anderen.«
Alois Mock sagte trotzig: »Fünfzig Jahre nach 1938 heißt, dem Druck von außen nicht nachgeben.« Dann unternahm er einen Staatsbesuch nach Polen mit einer Auschwitzbesichtigung. Als er nach Österreich zurückkam, sagte er, der Präsident des Jüdischen Weltkongresses habe »nichts aus der Geschichte gelernt«.
Karl Gruber, Außenminister der Konservativen nach 1945 und Mitautor des Waldheim-Weißbuches, hatte seinen ehemaligen Sekretär vielleicht nicht völlig weißgewaschen und wollte daher die dunklen Punkte, welche die Historiker bei Waldheims Vergangenheitsdarstellung entdeckt hatten, ins rechte Licht rücken: »Die Kommission, das waren nicht seine Freunde, das waren praktisch alle seine Gegner. Der Deutsche ist Sozialist, die anderen sind von jüdischer Abstammung her... Warum wird er angegriffen?... weil wir nicht bereit waren, wie die Deutschen das zu bezahlen, was sie gezahlt haben. Der Waldheim ist nur eine Symbolfigur für das Ganze.«
Nun, vielleicht hat Gruber für Sozialisten und Juden eben nicht viel übrig, aber was er über Waldheim und seine Landsleute äußerte, klingt auch

nicht gerade schmeichelhaft: »Er ist der Typus des mittleren Österreichers, vorsichtig, da und dort ein bißchen opportunistisch. Waldheim ist aber immer treu zu Österreich gestanden.«
Waldheims eifrigster Verteidiger ist der schärfste Schütze in der Redaktion des meistgelesenen österreichischen Revolverblattes. Seiner Meinung nach war Österreich weder mit Nazideutschland alliiert noch hatte es Anteil am Holocaust, weil es in dieser Zeit gar nicht existierte. Dies mag sicher die Halbwahrheit aller Halbwahrheiten sein, und die größte Verdrehung der Wahrheit, die es je gab. Im Jahr 1938 wurden alle österreichischen »Arier« deutsche Staatsbürger und alle militärischen Organisationen dem Reich einverleibt.
Auch der Konservative oberösterreichische Landeshauptmann Josef Ratzenböck schoß weit daneben. Er behauptete: »Wenn die Österreicher 1938 gejubelt haben, haben sie das Reich begrüßt, nicht den Nationalsozialismus.«
Jedenfalls bewirkte die von Waldheim verursachte Geringschätzung Österreichs in aller Welt auch, daß viele Ratten das sinkende Schiff verließen. Andreas Khol, Konservativer Spitzenfunktionär und Mitstreiter Waldheims, verglich den Bundespräsidenten mit einer geschwollenen Kröte.
Der Sozialistische Parteivorsitzende Fred Sinowatz verklagte einen Journalisten, weil dieser behauptet hatte, der Parteichef habe Waldheims braunes Pferd aus dem Stall gelassen. Sinowatz' Aussage wurde von 46 seiner Funktionäre unterstützt. Obwohl er des Meineids überführt wurde, wählte man ihn wieder zum Parteivorsitzenden. Aber einige Zeit nach seinem Wahlsieg nahm er, weil er müde war, dann doch den Hut.
Als im Sommer 1988 der Papst zum zweiten Mal Österreich besuchte und dabei auch Waldheim zum zweiten Mal traf, verhaftete die Polizei eine Gruppe von Demonstranten. Auch eine französische Fotografin wurde festgenommen. Als sie sich auswies und gegen die Festnahme protestierte, nahm man sie in den Würgegriff. Im Wachzimmer schlug man sie dann ins Gesicht und beschimpfte sie als »jüdische Ratte«.
Zur Zeit des Papstbesuches veröffentlichte das Fessel-Institut eine neue Meinungsumfrage. 47% der Befragten gaben an, daß der Nationalsozialismus sowohl Gutes als auch Schlechtes gebracht hätte. In der Tat ist nicht alles, was man damals tat, schlecht gewesen. Hermann Göring ist noch heute Ehrenbürger in Mauterndorf im Salzburger Lungau, weil er einst dem Ort eine Wasserleitung geschenkt hat. Nicht Göring der Täter wird geehrt, sondern Göring der Wohltäter.
Und jener Mann, der Tiere liebte und Vegetarier war, kann eigentlich gar nicht grundböse gewesen sein. Wenn der Führer Österreich nicht heim ins

Reich geholt hätte, würde man wahrscheinlich heute noch auf österreichischen Straßen links fahren.
Laut der Fessel-Meinungsumfrage stufen 29% der Befragten den Holocaust als »ein Ereignis unter mehreren« ein. Gleichzeitig veröffentlichte Protokolle von österreichischen Politikern nach 1945 entlarven deren zynische Haltung gegenüber den überlebenden Opfern des NS-Regimes. Der Sozialistische Innenminister Oskar Helmer sagte damals: »Ich sehe überall nur jüdische Ausbreitung... Auch den Nazis ist im Jahre 1945 alles genommen worden.«
Die Katholische Kirche hat den Antisemitismus in Österreich jahrhundertelang gehegt und gepflegt. Ein typisches Beispiel ist der aus der Renaissance stammende Kult des Anderl von Rinn. Als dort einst ein Kind ermordet aufgefunden wurde, machte man die Juden dafür verantwortlich und beschuldigte sie des Ritualmordes. In der Kirche der Tiroler Ortschaft Rinn gibt es Wandgemälde, welche den angeblichen Märtyrertod des Anderl durch Juden darstellen. Selbst nachdem Millionen von Kindern im Holocaust ermordet worden sind, wird der abscheuliche Anderl-Kult weiterbetrieben. Als der Tiroler Bischof Paul Rusch nach dem Krieg gefragt wurde, warum denn die Wandgemälde nicht endlich entfernt werden, antwortete er: »Die Juden müssen erst beweisen, daß sie keine Ritualmorde begangen haben.« Im Jahr 1987 gab es nochmals Bemühungen, Anderls Heiligsprechung als Märtyrer zu bewirken.
Die Kirche rühmt sich der von ihr vor dem Holocaust geretteten Katholiken jüdischer Herkunft. Und für diese wenigen, die sie vor dem Tod bewahrt hat, verwendet sie die vom Dritten Reich übernommene Bezeichnung »Nicht-arische Katholiken«.
Im ereignisreichen Sommer des Jahres 1988 kam es wegen eines Mahnmals für die Opfer des Nationalsozialismus zu einer Auseinandersetzung zwischen Sozialisten und Konservativen. Der auserwählte Bildhauer bekennt sich heute noch zu Stalin und den sowjetischen Einmärschen in Ungarn 1956 und in der Tschechoslowakei 1968 — während in der Sowjetunion diese Aktionen in Frage gestellt werden und ein Mahnmal für die Opfer Stalins geplant wird. Die Sozialisten bestanden auf einem Fleckchen Grün zwischen Oper und Albertina, wo während des Zweiten Weltkrieges ein Gebäude bombardiert und die Menschen, die im Luftschutzkeller Zuflucht gesucht hatten, begraben wurden. Die Konservativen waren gegen die Errichtung des Mahnmals an dieser Stelle aus Pietätsgründen für die noch darunterliegenden Bombenopfer und schlugen als Alternative den Bau einer Tiefgarage vor. *Ruhet in Frieden!*
Das sind nur Bruchstücke der jüngsten Vergangenheit. Sie sind fürwahr keine Prunkstücke. Und es gibt unzählige von ihnen. Der historische At-

las von Österreich ist übersät mit braunen Flecken.
Das Dritte Reich mag vor mehr als vier Jahrzehnten zugrundegegangen sein, doch sein Geist lebt weiter, und nicht nur an dem einen oder anderen Ort. Man hat hierzulande nichts dazugelernt, anderswo freilich auch nicht. Massenvernichtung begann nicht erst im Jahr 1933, und sie endete nicht 1945. Doch Präzedenzfälle wurden geschaffen. Niemals zuvor gab es eine so perfekte, wirkungsvolle Todesmaschinerie, deren Mechanismus wir genau kennen.
Auf dem Fließband wurden nicht nur die notwendigen Geräte hergestellt, auf dem Fließband wurde auch gemordet. Immer mehr mußte getötet werden, folglich mußten immer mehr Todesmittel erzeugt werden. Aber eine Maschine kann sich nicht selbst bedienen. Menschen müssen die Knöpfe drücken und die Hebel ziehen. Die Maschine mußte mit Fleisch gefüttert werden, und das konnte sie nicht selbst tun. Es gab noch keine Vollautomatisierung. Viele, viele Hände waren notwendig — und waren auch vorhanden, um Knöpfe zu drücken und Hebel zu ziehen. Es mangelte auch nicht an Fingern, die bereit waren, den Abzug zu betätigen. Das Dritte Reich ging zugrunde, bevor es mit der Vernichtung auf Knopfdruck beginnen konnte.
Die Opfer wurden nicht immer sofort getötet. Manchmal mußten sie noch schwerste Sklavenarbeit verrichten, bevor sie umgebracht wurden. Vergeudet wurde nichts, nicht einmal nach dem Tod. Was verwendbar war, wurde verwendet — von den Goldzähnen bis zum Körperfett. Die Zahl der getöteten Zivilpersonen überstieg die der Kriegsopfer bei weitem; die meisten Toten waren Frauen und Kinder. Im Verhältnis zur Bevölkerungszahl gab es weit mehr Nazis in der Ostmark als im Reich; dasselbe gilt auch für das SS-Personal in den Vernichtungslagern.
Was damals geschah und was heute passiert, wirft die Frage auf, ob der Unterschied in der Art des Verbrechens liegt oder in der Intensität der Durchführung. Guernica, Rotterdam und Coventry haben Dresden, Hiroshima und Nagasaki ermöglicht. Der »Große Bruder« verhält sich brüderlich, der »Brave Nachbar« benimmt sich wie ein Nachbar. Der Große Bruder leistet jetzt Osteuropa und Asien brüderliche Hilfe. Der Brave Nachbar engagierte sich früher in Asien und versucht jetzt, in Zentralamerika nachbarlich einzugreifen. Und die Söhne der Opfer haben sich leider auch als etwas kurzsichtig erwiesen.
Nun, ich habe jedenfalls an einem bestimmten Ort bestimmte Dinge erlebt, und darüber will ich berichten.
Demokratie muß verdient und erarbeitet werden. Was man leicht erwirbt, geht auch leicht verloren. Faschismus wie Stalinismus können einer Bevölkerung aufgezwungen werden — aber Demokratie nicht. Die Grund-

lage einer Demokratie ist demokratischer Geist. Ein demokratisches System kann ohne demokratischen Geist nicht funktionieren. Einem Anhänger totalitärer Grundsätze kann man keine Demokratie aufzwingen; er wird das demokratische System als Deckmantel für totalitäres Verhalten benützen.
Wirtschaftsskandal folgt auf Wirtschaftsskandal, und so geht es wahrscheinlich endlos weiter. Die Sozialisten sind Kapitalisten par excellence, wenn es um Selbstbereicherung geht. Ihre Macht- und Geldgier ist unstillbar und grenzenlos.
Ein Finanzminister hielt sich selbst für den besten Mann, nebenbei auch eine Steuerberatungsfirma zu leiten. Dies und andere kleine Vergehen erregten Aufsehen. Schließlich willigte er ein, zu demissionieren. Als Belohnung für seinen Rücktritt erhielt er unverzüglich die Generaldirektorstelle der größten österreichischen Bank. Einige Jahre später wurde er wegen falscher Aussage vor dem Untersuchungsausschuß des Parlaments verurteilt und trat mit einer Abfindungsentschädigung von 800.000 sowie einer Pension von 150.000 Schilling monatlich zurück.
Dies zeigt, daß sogar beim Rollen eines prominenten Kopfes die Taschen des politischen Leichnams alles andere als leer bleiben.
Der kleine Mann hat es da nicht so leicht. Wenn er etwa einer Steuerhinterziehung verdächtigt wird, können die Steuerfahnder zu jeder Tages- oder Nachtzeit mit einem Durchsuchungsbefehl und bewaffnet vor der Haus- oder Wohnungstür stehen. Eines Nachts war ein kleiner Gastwirt an der Reihe. Die großen Unternehmer hatten die Gerichtsvollzieher ausgeschickt, um einen kleinen Unternehmer zu bearbeiten. Und sie haben ihn tatsächlich bearbeitet. Während des Verhörs ersuchte er, austreten zu dürfen. Seine »Gäste« zeigten Verständnis und erlaubten es ihm unter der Bedingung, daß er sich beeile. Da ging er auf den Dachboden und erhängte sich.
Eine Nachbarin, die vorbeikam und sah, daß die »Gäste« mit dem Wirt nicht gerade sanft umgingen, erklärte sich vor laufenden Fernsehkameras bereit, eine Zeugenaussage zu machen; sie wurde vom Staat verklagt. Nach solchen Vorfällen findet stets eine Untersuchung statt, mit dem Ergebnis, daß die Staatsbeamten sich stets korrekt benommen haben. Das geschah selbstverständlich auch in diesem Fall. Die Nachbarin muß an Sehstörungen leiden — oder vielleicht ist sie nicht ganz bei Verstand.
Ich war einmal so unbesonnen, den Versuch zu unternehmen, einen Regierungsbeamten zu verklagen. Aber ehe ich davon berichte, soll von der Vorgeschichte die Rede sein. Die Sache war eine wahre Komödie, aber obwohl es dabei manches zu lachen gibt, ist mir das Lachen damals oft vergangen. Der Humor ist also Galgenhumor — mit der Betonung auf

Galgen. Obwohl meine Klinge scharf und glänzend war und die Waffen meiner Gegner stumpf und rostig, war ich eben nur einer, sie aber viele — und es ist nicht gerade angenehm, in so eine Situation zu geraten.
Es gibt sieben Millionen Milchkühe in Österreich, die erbarmungslos gemolken werden; je mehr Skandale es gibt, desto mehr werden sie gemolken. Gemeinheit und Betrug scheinen die vorherrschenden Methoden des Geschäftemachens zu sein. Einer, der auf frischer Tat ertappt wurde, erklärte kühl, daß dies doch jeder mache. Wer nicht betrügt, wird selbst betrogen. Man muß schneller sein, um den anderen zuvorzukommen.
Wien, wie New York, hat seine Zwillingstürme, aber sie sind nicht funktionsfähig, sondern bloß dekorativ. Der *Neu*bau des Allgemeinen Krankenhauses ist seit zwei Jahrzehnten im Gange; aber weil Korruption und Schieberei herrschen, wird es weder fertig noch kann es benützt werden. Ein paar kleine Fische wurden gut bezahlt, um als Sündenböcke ins Gefängnis zu gehen. Die Krankenhaus-Türme gleichen dem Turm von Babel, aber in Wien gibt es gleich zwei davon.
Die Parteien greifen einander im Parlament an, aber falls nötig, decken sie einander. Wenn jemand bei einem Vergehen erwischt wird, so ist der erste Gedanke der anderen: Weiß er etwas über meine Delikte? Ich decke ihn vorsichtshalber, denn er könnte in der Lage sein, *mich* aufzudecken.
In Österreich gibt es eine verstaatlichte Waffenindustrie, und die Regierung findet nichts dabei, Waffen an Diktaturen zu verkaufen. Das österreichische Gesetz verbietet den Verkauf von Waffen an kriegführende Nationen, aber Noricum-Kanonen wurden illegal an Iran und Irak verkauft. Noricums geständige Vorstandsmitglieder behaupteten, um ihr Leben fürchten zu müssen, seit der vorsitzende Vorstandsdirektor und der österreichische Botschafter in Griechenland unter mysteriösen Umständen ums Leben kamen. Dem Journalisten, der die Story recherchierte, wurde in einem Hotel des Mittleren Ostens eine Nachricht übermittelt. Darin wurde er mit dem Tode bedroht, falls er nicht von seinem Vorhaben ablassen sollte. Das am meisten gelesene Wochenblatt der Regenbogenpresse, das zwar Waldheim gegenüber sehr kritisch eingestellt ist, hat aber im Falle dieses Waffenskandals, in den möglicherweise sozialistische Minister verstrickt sind, eine Amnestie für die Waffenschieber und ein neues Gesetz, das solche Verkäufe legalisiert, verlangt.
Sozialistische Minister sind wahrscheinlich auch in die Lucona-Affäre verwickelt. Die Lucona war ein Frachtschiff, das vermutlich mit der Absicht, einen Versicherungsbetrug in Millionenhöhe zu begehen, versenkt wurde. Sechs Matrosen (anscheinend eine magische Zahl in Mordfällen) gingen mit dem Schiff unter. Der Wiener Zuckerbäcker, der verdächtigt wird, der Drahtzieher in dieser Sache zu sein, war, bevor er das Weite

suchte, ein stadtbekannter Gastgeber für Minister und allerlei andere Prominente. — Verglichen mit solchen Missetaten, wirkt eine Behandlung mit Gummiknüppeln schier harmlos. Als die Bewohner eines Wiener Jugendzentrums für obdachlose Punker randalierten, stürmte die Polizei das Gebäude. Im Fernsehen sah man, wie die Jugendlichen mit Hilfe von Gummiknüppeln die Stiegen hinuntergestoßen wurden. Dann zwang man sie zum Spießrutenlauf in den »Grünen Heinrich«.

Ich muß ehrlich gestehen, daß ich von der Punkermode nicht gerade begeistert bin, und ich will auch nicht behaupten, daß ich solche Kostümträger besonders sympathisch finde. *Aber ich bin dagegen, daß sie geschlagen werden!* (Wo blieb in diesem Fall all das Gerede der Sozialisten, den Unterprivilegierten zu helfen?)

Als Demonstranten, darunter viele Studenten, in einer der letzten Donauauen bei Hainburg gegen den Bau eines Kraftwerks protestierten, drohte die Sozialistische Gewerkschaft, ihre Mitglieder mit Knüppeln hinzuschicken, um den Demonstranten eine Lektion zu erteilen. Die Regierung überredete sie, zu Hause zu bleiben, und sandte stattdessen die Polizei, um diese Arbeit zu erledigen — und sie erledigte sie durchaus professionell. Presseleute, die den Vorgängen beiwohnten, verließen das Gebiet mit Beulen und kaputten Kameras.

Leider gibt es nur wenige Orte auf der Welt, wo sich solches nicht abspielt, aber in Österreich wird dies mit salbungsvollen Monologen und sentimentalen Liedern begleitet. Der Schafspelz paßt wie angegossen.

Zeit im Bild, die österreichische Nachrichtensendung, ist alles andere als eine Schönheitskonkurrenz. Die Politikergesichter ähneln den Typen, die man in einem Polizeidossier findet. Falls Häßlichkeit modisch wäre, wären viele von ihnen der Inbegriff des *dernièr cri*. Falls Häßlichkeit ein Vergehen wäre, wären viele schuldig zu sprechen. Aber es muß gesagt werden, daß immerhin die Straßen sicher sind; die meisten von denen, die sie unsicher machen könnten, sind in die Politik gegangen.

Wenn man die Weltnachrichten betrachtet, muß man zu dem Schluß kommen: der wesentliche Unterschied zwischen *ihnen* und *uns* besteht darin, daß ihnen Schurken aufgedrängt werden, während wir sie wählen.

Heutzutage ist Mord von Gesetzes wegen zwar verboten und strafbar, aber es ist immer noch möglich, ungestraft zu töten, wenn es auf indirektem Weg geschieht. Die Mörder von heute sind raffinierter und subtiler als die von gestern. Während sie zustechen, reden sie von Freiheit und Demokratie. Je salbungsvoller die Sprache, desto länger das Messer. Der damalige Zeitgeist überlebte das Ende des Dritten Reiches. Dem Wolfsfell wurde einfach ein Schafspelz übergezogen. Die Wölfe sind Experten in der Kunst, anderen das Fell über die Ohren zu ziehen.

Österreichs Liebkind ist es gelungen, sich das Land sieben Jahre lang einzuverleiben. Aber nach diesem einzigartigen Gourmand-Meisterstück und dem darauffolgenden Erbrechen ist Österreich für viele auch weiterhin kein Begriff gewesen. Der berühmte Sohn hat seine Heimat von der Landkarte getilgt; doch auch nach seinem Abgang ist Österreich in der Welt terra incognita geblieben. Ständig ist es mit Australien verwechselt worden. Aber diese Tage sind vorbei. Drei Koryphäen ist es schließlich gelungen, das kleine Land in der großen Welt bekanntzumachen. Dank ihrer werden die Amerikaner nicht mehr fragen, ob es dort Känguruhs und Koalas gibt.

Wer sind diese glorreichen Drei? Kurt Waldheim und zwei andere Schauspieler. Einer ist »Atlas«, ein ehemaliger Mr. Austria — und der andere ist auch Mr. Austria, freilich in anderer Hinsicht. Der erste wird als wütender Rächer eingesetzt und der zweite ist berühmt für seine Bescheidenheit. Er hat sich zuerst als einer der fünf besten Schauspieler der Welt ausgegeben und ist jetzt zur Nummer eins emporgestiegen. Diese Position verdankt er dem irischen Schauspieler Jim O'Conner. Als ich O'Conner einmal traf, fragte ich ihn danach. Er beugte sich vor und flüsterte mir zu: »Er ist einer von den fünf schlechtesten, aber die Namen der vier anderen sind mir entfallen.«

Tatsächlich ist der »beste Schauspieler« gleichsam über Nacht in die exklusiven Zirkel der internationalen Prominenz aufgenommen und mit vielen begehrten Trophäen für seine Schauspielkunst ausgezeichnet worden. Nachdem er bereits Wien, Salzburg, Hollywood und die Welt erobert hat, bleibt ihm als einzige Sphäre für künftige Erfolge nur noch die Stratosphäre. Wenn es auf anderen Planeten Bühnen und Filmkameras gibt, wird er spielend der Star des Universums werden.

Die Kunst wird in Österreich subventioniert, das heißt, daß der Staat an der Geldquelle sitzt und bestimmt, wem die finanzielle Unterstützung sprudelt. Wenn man also nicht von Haus aus ein Bestsellerautor ist, kann der Subventionsgeber aus einem etwas machen — oder einen erledigen. Wird man allerdings von den offiziellen Förderern mißachtet, so muß man nicht nur gegen diejenigen, welche unterstützt werden, konkurrieren, sondern außerdem damit rechnen, ins Abseits gedrängt zu werden. Es gibt vier Klassen von Autoren: die geförderten, die tolerierten, die ignorierten und die geächteten. Ich stehe an der Spitze der letzten Klasse. Die Geförderten kriegen am meisten, die Tolerierten wenig, die Ignorierten am wenigsten und die Geächteten gar nichts. Alles zusammengerechnet, habe ich in Österreich von offiziellen Stellen minus Null erhalten, aber als

man mich sogar im Ausland in Mißkredit brachte, habe ich mich zur Wehr gesetzt.
Selbstverständlich ist die erste Klasse für die modischen Salonlinken reserviert. Die Sozialisten stehen am Perron, um ihnen beim Einsteigen behilflich zu sein, und die Konservativen stehen daneben und wünschen ihnen gute Fahrt. Das gleiche tut auch die Kirche. Mit den Konservativen zu verkehren, endet für jeden Künstler tödlich — außer für die linken, die holen sich, was zu holen ist. In einer solchen Situation werden nicht viele Autoren gegen den Strom schwimmen. Das würde nämlich bedeuten, des Geldsegens verlustig zu gehen.
Ehe ich meine gravierenden Fehler gemacht hatte, war ich in der Klasse der Ignorierten gewesen. Nachdem ich sie absolviert hatte, sank ich zu den Geächteten hinab. Meine Fehler waren: ich habe Frau Baber gereizt, ich schrieb eine Satire auf gewisse Aspekte des literarischen Establishments — und schließlich enthüllte ich die Machenschaften des Kulturfunktionärs Dr. Wolfram Laus. Aber auch wenn ich meine Lippen versiegelt und meine Füllfeder nicht aufgeschraubt hätte, wäre ich trotzdem nicht das Liebkind der Mächtigen geworden.

Was kann über die österreichische Kunst gesagt werden? Zuerst einmal: es gibt ein Überangebot an Künstlern im Inland und Ausland. Die Österreicher sind nicht nur tüchtig, sondern auch unternehmungslustig und haben in der Kunst (wie im Geschäftsleben, in der Gastronomie usw.) Erfolg. Hitler half, die österreichische Kunst in der Welt zu verbreiten, indem er Künstler aus rassistischen und politischen Gründen vertrieb. Man betrachte etwa das Hollywood der dreißiger und vierziger Jahre. Die Liste von österreichischen Regisseuren und Schauspielern ist umfangreich. Seltsamerweise hat so mancher Emigrant in den damaligen Kriegsfilmen die Uniform derjenigen angezogen, die für seine Emigration verantwortlich waren.
Ich konnte mich wirklich nicht über das Grundmaterial für meine Anthologien beklagen. Ich hätte die Anzahl der Autoren in *Austrian Poetry Today* verdoppeln können, ohne die Qualität des Buches zu vermindern.
Es gibt jedoch zweierlei Arten von Talent in Österreich: echtes Talent — und das Talent, seinen Mangel an Talent zum eigenen Vorteil einzusetzen. Gestern war der Supermann en vogue — heute ist es der Blödmann. Jetzt ist die Blütezeit der Bluffs in der Kunst, und die Scharlatane haben Vorrang. Sie übertölpeln die Öffentlichkeit — und die ist leider allzu oft zu dumm, es zu bemerken. Vielleicht liegt in der Taschenspielerei eine gewis-

se Faszination. Es gibt auch manche, die ihr Bestes tun, die Ansicht der Spießer zu bestätigen, daß alle Künstler Schweine sind. Und natürlich gehen Fopperei und Ausnehmen immer Hand in Hand.
Bubi spuckt in Papas Gesicht: das ist die weitverbreitete Methode des Wechselspiels. Papa verhält sich passiv, da er sich wegen seiner fragwürdigen Vergangenheit schuldig fühlt. Das Schuldbewußtsein hat die Türen geöffnet, die Scharlatane haben sich eingeschlichen und sind die Herren im Haus geworden. Sie führen den Todestanz auf und möchten aufgeigen, während Rom, Vindobona — oder was immer — brennt. Was macht es schon aus, daß der heutige Hut schon morgen ein alter Hut ist? Die Hutträger haben das Sagen und sie leiten die Show. Und das alles findet in einer geschlossenen Gesellschaft statt. Um die Show in Gang zu halten, muß man die Gelder an sich reißen. Dies ist auch ein wirksames Mittel, die Konkurrenz lahmzulegen.
Ist man Mitglied der geschlossenen Gesellschaft, kommt man automatisch ins Bild. Langweilig zu sein, ist kein Hindernis. Man muß nur ein bißchen tüchtig sein, dann kann nichts schief gehen. Es gibt sogar einen staatlichen Verlag mit einer Belletristikabteilung für staatlich geförderte Autoren.

Ich muß einer gewissen Frau Kling dankbar sein, daß sie mich in die österreichische Kulturszene eingeführt hat. In der Galerie des Monsignore Sauer habe ich meine Naivität verloren. Frau Kling begleitete mich dorthin und gab mir den Rat, Manuskripte mitzunehmen. Schon als sie mich Sauer vorstellte, kam mir die Atmosphäre im Raum nicht geheuer vor. Aber wer weiß? Man kann niemals sicher sein. Wer kann beweisen, was in der Kunst gut oder schlecht ist? Wer kann sagen, was Humbug ist und was nicht? Es ist alles Ansichtssache.
Einer von Sauers Befürwortern hat mir dann alles erklärt: Nicht *was* man macht, zählt — sondern *von wem* es gemacht wird und *wann*. Für mich hingegen zählt, was gemacht wird — und *wie*.
Jedenfalls ist mir rasch klar geworden, daß ich an die falsche Adresse geraten war. Gelinde gesagt, wäre es mir peinlich gewesen, meine Arbeiten Sauer anzudrehen. Frau Kling spornte mich jedoch an und erinnerte mich daran, daß Sauer eine literarische Zeitschrift herausgab. Als Sauer Manuskripte von mir verlangte, griff ich in meine Brusttasche und gab ihm einen Umschlag mit Proben meiner literarischen Arbeit. Zwei Tage später bekam ich per Post den Umschlag samt Inhalt, doch kommentarlos, retour. Auf der Rückseite des Umschlags waren mit Bleistift der Name Leo Sauer und eine Telefonnummer vermerkt. Als ich Sauer anrief, meldete er sich nicht. Als ich ihm schrieb, antwortete er nicht.

Einige Zeit später veranstaltete Sauer eine Vernissage anläßlich seines sechzigsten Geburtstages. Mit seiner nasalen Stimme erzählte er, daß er ein Seelsorger der Künstler sei. Weiters sagte er, daß er sich dazu verpflichtet fühle, jedem sein Ohr zu leihen, und daß seine Tür immer offen sei. Etwas drängte mich, vorwärts zu gehen. Ich konnte diesem Verlangen nicht widerstehen. Das Gedränge um ihn hatte nachgelassen und ich ergriff die Gelegenheit. Als ich ihm die Hand entgegenstreckte, ergriff er sie mit fragendem Gesichtsausdruck. Nachdem ich mich vorgestellt — und er mich erkannt hatte, öffnete er den Mund, hob sein rechtes Bein, und plötzlich stand ich mit ausgestreckter Hand allein da; er war schon am anderen Ende der Galerie. Er war geflüchtet, als hätte er den Teufel persönlich erblickt. Wenn ich daran zurückdenke, muß ich seine Intuition bewundern. Er hat mich sofort durchschaut.
Das folgende Gedicht entstand nach der eben geschilderten Begegnung. Sollte man mich beschuldigen, *Saure* Trauben zu pressen, müßte ich zugeben, daß ich genau das tue.

GALERIE LUZIFER

Weit und breit
hatte ich von Galerie Luzifer gehört
und daß Luzifer selbst
ein Gönner der Künstler sei
(und das wäre,
was man von ihm erwartet).

So naiv wie ich bin
folgte ich schlechten Ratschlägen
und kam zu Luzifer,
bereit meine Gedichte zu zeigen
und meine Seele zu verkaufen
(das heißt wenn ich eine besäße).

Da in der Galerie
stand er,
freundlich,
ein netter Kerl,
wie man sich den Teufel vorstellt,
nicht ohne Hörner und Schweif
und natürlich

ein weißes Band um den Hals,
wie es zu einem Teufel paßt,
hinter ihm,
auf einer Plastikmauer,
ein Akt in Kaugummifarben,
Schrauben auf den Brüsten,
ein Brillo-Polster zwischen den Beinen
um ihn herum,
ein Hexenkessel von Hilfsteufeln,
mini-Röcke, mini-BHs, mini-Gehirne.

Ich guckte brav zu;
weil mini mir lieber ist
als Schrauben und Brillo-Polster;

aber endlich kam ich durch
und begegnete dem Teufel,
jedoch bevor ich Zeit hatte
für Gedichte oder Seele,
drehte er sich um,
so rasch,
daß er mich mit dem Schweif schlug;

und jetzt von Luzifer abgewiesen,
wohin soll ich mich wenden?

Wer sind Sauers Günstlinge? Sie sind die Elite der Kultur, *la crème de la crème.*

Nummer eins ist Leiner. Seine geniale Erfindung besteht darin, seine Bilder mit schwarzer Farbe zu übermalen, wodurch sich ihr Wert verdoppelt und sie vollkommen werden. Er hat auch Photos von sich, auf denen er Grimassen schneidet, mit Farbe beschmiert und zu Kunstwerken macht, aber leider hat er dabei vergebens versucht, sein natürliches Aussehen zu übertreffen. In letzter Zeit ist er mehr konventionell geworden. Er steht vor der Staffelei auf dem Kopf, Pinsel zwischen die Zehen geklemmt, strampelt mit seinen Beinen, sodaß die Pinsel die Leinwand treffen.

Der Hauptdarsteller des legendären Spektakels in der Universitätsaula im Sommer 1968 war auch ein Sauer-Günstling. Dort aß und trank er, was man im Bordelljargon Natur-Kaviar und Champagner nennt. Als Ketchup für sein Mahl nahm er Blut, indem er sich in die Brust schnitt. Dann erklärte er, daß er als nächstes ein Stück von seinem Körper abschneiden und essen würde. Er ist auch ein talentierter Künstler. Sein Lieblingsthema sind gefesselte Frauen, von Spießen durchbohrt. Heute hat er großen Erfolg als Maler und Bühnenbildner. Vor Jahren hatte ich das zweifelhafte Vergnügen, mit ihm an einem Heurigen-Tisch zu sitzen. Sein Weinglas wurde nie leer; er füllte es immer wieder unter dem Tisch auf.

Ein anderer Höhepunkt des Spektakels war ein Kapuzenmann, der blutiggepeitscht wurde. Am Ende der Vorstellung kündigten die Darsteller eine Wiederholung der Szene vor dem Stephansdom an. Da aber Anzeige erstattet wurde und die Polizei auftauchte, ließen sie den Plan fallen. In der Sauer-Galerie ging der gute Hirte mit einem Hut herum und sammelte für die Anwaltskosten seiner schwarzen Schafe.

Ein Sauer-Aktionist ist auch der berühmte Reinhard Ritsch. Er lebt in einem Schloß, wo er von Zeit zu Zeit »Aktionen« veranstaltet. Für die Schaulustigen läßt er Tiere schlachten, deren Gedärme und Blut er dann für künstlerische Zwecke verwendet: sie werden auf nackte »Modelle« geworfen oder geschmiert. Ritsch hat Kataloge von diesen Veranstaltungen veröffentlicht; darin befinden sich auch Aufnahmen von ermordeten Frauen und Kindern. Blutvergießen scheint ein Bestandteil des *Show-Business* zu sein. Diese Photos hat er Gerüchten zufolge selbst geknipst, aber die Gerüchte hat er wahrscheinlich selber verbreitet. Ritsch hat das Glück, daß Neonazis gegen seine Veranstaltungen demonstrierten. Folglich war jeder, der ihn ablehnte, ebenfalls ein Nazi. Die »Neos« haben seine Aktivitäten mit »entarteter Kunst« verwechselt. Ihre Altvordern hatten bei ihrer Kunstverdammung besseren Geschmack gezeigt. Die Erben haben offenbar nicht erkannt, daß die öffentlichen Veranstaltungen von Ritsch den privaten Veranstaltungen von »damals« ähneln. Vor einiger Zeit wurde Ritsch für einen Kulturpreis in Niederösterreich vorgeschlagen. Nach Protesten der Katholischen Kirche und anderen Organisationen ging er aber leer aus. Sauers Nachfolger in der Galerie St. Johann ergriffen schnell die Initiative und trachteten, daß Ritsch stattdessen den Großen Staatspreis erhalte. Kein Zeitungsbericht hat auf die Tatsache aufmerksam gemacht, daß verschiedene Kräfte derselben Organisation gegen Ritsch protestiert bzw. ihn gefördert haben. Und niemand hat den Namen des Mannes erwähnt, der Ritsch seinerzeit lanciert hatte. Vielleicht wußte die rechte Hand nicht, was die linke tat. Während die rechte ein Meßbuch umklammerte, war die linke anderweitig beschäftigt.

Ritsch's ehemaliger großer Rivale des »Aktionismus« zog sich vor Jahren aus der Szene zurück und gründete eine Kommune am Lande, wo er als Herrscher regiert. Der Herrscher wählt Bettgenossen für seine Untertanen und für sich nach jeweiliger Laune. Die Kinder der Mitglieder werden laut Zeitungsberichten aufgeklärt, indem sie sexuell mißbraucht werden. Als der Herrscher eine Kolonie auf den Kanarischen Inseln gründete, intervenierten österreichische Minister bei den spanischen Behörden zu seinen Gunsten.

Arnold Weissrögler war ebenfalls ein Sauer-Aktionist. Er konnte den Ruhm und Erfolg von Ritsch nicht mehr erleben, da er vor Jahren Selbstmord begangen hat. Gerüchten zufolge hat er sein Glied wie eine Wurst aufgeschnitten und ist dann aus dem Fenster gesprungen. Ich kann dies nicht bestätigen, da ich — zum Glück — nicht anwesend war. Nach dem Selbstmord Weissröglers hielt Sauer in seiner Galerie eine Gedenkausstellung ab. Das Plakat dazu zeigte einen Mann mit nacktem Oberkörper, der auf dem Rücken lag und eine blutgetränkte Augenbinde trug. Als ich die Galerie anrief und fragte, ob das Photo Weissröglers Todesbild sei, erwiderte man mir, daß seine Leiche von einem Modell dargestellt wurde. Anscheinend gehörte auch Selbstmord für den Gottesmann zum *Show Business.*

Als ich das Plakat sah, fragte ich mich, ob ein gewisser kirchlicher Würdenträger tatsächlich an Gott glaubte. Warum sind Atheisten immer der Meinung, daß ein satanischer Geistlicher einer der ihren sein muß? Ich hoffte, daß der fragliche Mann wirklich gläubig war, denn ich wollte keine Überzeugung mit ihm teilen.

Es ist eine interessante Tatsache, daß in Sauers Privatgemächern kein einziges Werk von seinen Günstlingen zu finden war. Seine Räume waren nur mit den exquisitesten Gemälden und Kunstobjekten geschmückt.

Ich erfuhr, daß ein angesehener konservativer Zeitungsherausgeber, der bis zum bitteren Ende des Tausendjährigen Reiches ein begeisterter Nazijournalist gewesen war, Sauer unterstützt und gefördert hat. Und später erfuhr ich, daß Sauer nach dem bitteren Ende einigen hochrangigen Nazis zur Flucht aus Österreich verholfen hatte.

Als eine Gedenkausstellung aus der Sauer-Sammlung im Erzbischöflichen Palais abgehalten wurde und ein *Monsignore-Leo-Sauer-Förderungspreis* ins Leben gerufen wurde, eilte ich mit meinem Taufschein zum Magistrat, um meinen Kirchenaustritt bestätigen zu lassen.

Es scheint zwei Arten von Heuchlern zu geben: diejenigen, die zu schwach sind, um so zu leben, wie sie predigen — und jene, die gar keine Absicht haben, so zu leben. Hierzulande herrschen offensichtlich die letzteren vor. Die bevorzugte Kleidung scheint der Schafspelz zu sein — auch wenn er schwarz ist.

Als der folgende Prosa-Text im Jahr 1972 veröffentlicht wurde, brachte er viele Wölfe zum Heulen. Sie heulen am lautesten, wenn man nicht mit ihnen heult.

DA-DA GA-GA KA-KA

(Duck Dich! Die Zukunft überrollt uns!)

Wir kamen nach Berlin. Ich und der abstrakte Quadratmaler. Um ein Hotel könnten wir uns später kümmern. Zuerst wollten wir seinen Freund besuchen. Ein führendes Mitglied der Wiener Emigrantenkolonie. Einer der Neo-Dada-Pioniere. Ein berühmter Mann.
Wir stiegen die Treppen zu seiner Mansardenwohnung hinauf. Ich trug meine Reisetasche, die gefüllt war mit Manuskripten und meinem Pyjama.
Quadrat läutete, der Dichter — mittleres Alter, angegraute Schläfen — öffnete die Tür. Er klopfte uns freundlich auf die Schultern, hieß uns willkommen. Er freute sich, uns zu sehen.
Ständig umschwirrte ihn sein Schatten, ein schlanker Ephebe mit langem blondem Haar und großen, glückstrahlenden Augen. An einer Wand hing ein Plakat von Trotzki, der hinter dicken Hornbrillen finster in den Raum blickte, und gegenüber ein Blow-up-Photo zweier onanierender Lesbierinnen.
Offenbar waren wir in eine lebhafte Unterhaltung hineingeplatzt. Die beiden ließen sich jedoch durch uns nicht im geringsten aus ihrer glänzenden Laune bringen. In Satzfetzen unterhielten sie sich über Urinieren, Ejakulieren, Verdauung, Kopulation und Sodomie. Verschiedene Personen wurden namentlich erwähnt, und jedesmal fügte man das Götzzitat hinzu. Das pikante Ausrichten der Leute wurde immer wieder durch grölendes Gelächter unterbrochen. Leider war ich noch zu nüchtern, um die psychodelischen Qualitäten ihres Humors gebührend würdigen zu können.
Der Dichter saß dicht bei seinem Schatten, stieß ihn heimlich mit dem Ellbogen in die Seite, kraulte sein Haar und drückte ihn immer wieder liebevoll an sich. Man hatte mir von diesem Schatten schon erzählt. Er hatte einen völlig neuartigen Nervenkitzel entdeckt. Etwas, das es vorher noch nie gegeben hat. Sein Anspruch auf Ruhm bestand darin, daß er öffentlich seine Gedärme entleerte. Es geschah in der heiligen Aula der Wiener Universität.
Nach einigen lauwarmen Whiskys stürzten wir uns ins Berliner Nachtleben. Der Dichter, mit hochgeschlagenem Mantelkragen, ging voran, sein Schatten folgte. Ich und Quadrat hinterdrein. Der Dichter ließ auch jetzt nicht davon ab, seinen Schatten ständig zu betapsen. Da fiel mir ein, an wen mich die beiden erinnerten: an König Lear und seinen Narren. Der Dichter ging auf die Vierzig zu, und nach den heutigen Maßstäben galt er

schon als alt. Es war wirklich nicht leicht, zugleich Avantgarde und alternd zu sein. Dem Narren wurde gestattet, sich dem großen Mann anzuschließen, dafür hatte er ihn zu unterhalten. Dies tat er, indem er wildfremde Leute anpöbelte und fragte, wer sie überhaupt seien. Seine Streiche wurden von uns mit Anerkennung und Amusement aufgenommen. Ich war froh, über irgend etwas lachen zu können. Lear liebte seinen Narren, denn er war ein Mensch, und alles, was er tat, war menschlich.
Wir hatten Hunger und blieben vor einem Würstelstand stehen. Vier Paar Würstel mit Kartoffelsalat. Die Verkäuferin hatte einen weißen Arbeitskittel, der oben weit offen stand. Ströme von türkisfarbenen Adern zogen sich unter ihrer Alabasterhaut vom Nacken zum Busen und wieder zurück. Der Narr fixierte sie mit seinen Augen. Mit vollem Mund lachte er und delektierte sich an den Adern. Dabei entblößte er den Kartoffelsalat und seine großen Eckzähne. Er glich einem Vampir, der sich an seiner Beute ergötzte.
Dann kam der Ku-Damm mit seinen gleißenden Lichtern und Schaufenstern. Dunkle Nebenstraßen. Wir stiegen in einen Beatkeller hinab, der wie ein Gefängnis eingerichtet war: schwarz-weiß und vergittert. In der rauchigen Atmosphäre blitzten rot und blau rotierende Lichter. Langbeinige Mädchen in Mini, Maxi und Hot Pants wanden sich wie bei einem Ritual zur dröhnenden Musik. Ihre Partner bewegten sich, als müßten sie sich unter Wasser zu ihnen durchkämpfen. Dias und Filmausschnitte wurden an die Wände projiziert. Hinter einem Glasfenster über dem Tanzparkett legte ein Oben-ohne-Discjockey Platten auf und flüsterte dabei unverständliche Belanglosigkeiten ins Mikrophon. Als die Musik besonders heiß wurde, flackerten im Rhythmus weiße Lichter auf; man wurde durch die Bewegungen der Tänzer an Stummfilmzeiten erinnert.
Wir hatten völlig vergessen, unsere Mäntel an der Garderobe abzugeben. Heiß war's. Lear, seinen Mantelkragen noch immer hochgeschlagen, schnappte sich einen Partner und strebte der Tanzfläche zu. Er schlug mit den Armen, hüpfte hoch, balancierte auf einem Fuß, dann auf dem anderen. Der Narr sprang begeistert hinter ihm drein. War der eine oben, war der andere unten. Der Narr kreischte, konnte aber gegen die Musik nicht aufkommen. Dennoch verzagte er nicht: er heulte auf und sprang wie ein Kobold zwischen den entrückten Tänzern umher.
Endlich war es vorbei; die Schallplatte war aus, nur das Gebrüll war noch im Raum und der im Schein der aufflammenden Lichter gebadete Narr. Lear und der Narr hatten sich verausgabt. Schnaufend machte Lear den Vorschlag, abzuhauen.
Die nächste Station war das Allerheiligste der Cosa Nostra; es lag in einer noch dunkleren Seitengasse. Nur Mitglieder hatten Zutritt. Eine schäbige

Holztür mit abblätternder Farbe. Man mußte selbst aufsperren. Lear gab seinen Schlüssel dem Narren, der ihn prompt ins Schloß steckte und umdrehte. Die Tür sprang auf. Dichte, graue Rauchschwaden drangen uns entgegen. Ich mußte für kurze Zeit meine Augen schließen. Leider wurden keine Gasmasken ausgegeben. Aus Lautsprechern dröhnte Musik. Hintergrund-Musik brauchte man ja immer, die machte alles leichter, ließ keine lähmende Stille aufkommen. Aber es war keine Hintergrundmusik, es war Vordergrundmusik. Den Hintergrund bildete das Leben.
Das Publikum war haarig und borstig. Einer von ihnen wiegte sich im Takt und stolzierte, ein Glas in der Hand, an mir vorbei, als wäre er ganz allein. Vielleicht war er es. Aktive Meditation, dachte ich.
Als sich meine Augen der schummrigen Beleuchtung angepaßt hatten (nie konnte ich mich an den Rauch gewöhnen), bemerkte ich die Mädchen. Es war unmöglich, sie mit Blicken zu messen. Dafür maßen sie mich. Einige waren nicht übel. Aber sie hatten Gesichter wie Totenmasken. Im übrigen ließen sie erkennen, daß sie mit den nötigen weiblichen Attributen ausgestattet waren. Sie wußten das genau und sie wollten, daß ich es wußte. Ja, es lauerte in den dunklen Falten ihrer Kleider. Aber es hieß auch: dies ist verbotenes Gelände! Mach da keinen Fehler, mein Lieber, teilten mir ihre Mienen mit, es ist verboten, und du wirst keine einzige Kostprobe bekommen. Ich verstand den Wink. Unmöglich, ihn nicht zu verstehen. Meine Gedankengänge waren folgende: Das Gelände wäre sicher verlockender, wenn dessen Eigentümer ein lebendiges Gesicht hätte, statt einer Totenmaske. So ist es eben verboten, soll es auch bleiben. Mir war es recht.
Die Einstellung der Partner dieser verbotenen Vamps störte mich schon viel mehr. Du bist der Neue hier, ließen sie mich merken. Und wir werden dich an die Wand kleistern. Ich war der weiße Missionar unter Menschenfressern, und das Wasser im Kessel kochte schon. Ich war der erste Mensch auf dem Mars, und die Marsmenschen waren drauf und dran, mich wegzupusten.
Lear erklärte immer wieder, wie wichtig es sei, ein Mensch zu sein. Wir alle waren Menschen, und er liebte die Menschen und alles Menschliche. Er kraulte die Harre des Narren und drückte ihn immer wieder an sich.
Da wurden meine Befürchtungen Wirklichkeit. Plötzlich stand ein riesiger, vierschrötiger Mann vor mir. Eine Nickelbrille auf seiner breiten Nase. Er drohte, den Wohlstandsbürger in den Boden zu stampfen. Unglücklicherweise war ich der Wohlstandsbürger. Der Vierschrötige war (unter den Künstlern und Literaten) bekannt als hervorragender Karatekämpfer und schien ernstlich bedacht zu sein, seinen Ruf auf meine Kosten zu untermauern. Er ging in Stellung und ich erwartete jede Sekunde

den lähmenden Schlag. Fortschrittlicher Autor schlägt konservativen! Sollte es mir auf wunderbare Weise gelingen, ihn zu überlisten, würden die anderen kurzen Prozeß mit mir machen. Es sah so aus, als würde der weiße Missionar, der Erdenmensch und Wohlstandsbürger, in den Staub dieses dreckigen Bodens beißen. Doch Lear kam mir zu Hilfe. Er umarmte mich und rief, ich stünde unter seinem Schutz. Ich sei ebenfalls Literat. Vielleicht nicht ganz up-to-date, doch ein wundervolles menschliches Wesen. Ich war ein Mensch und er liebte mich. Dann gab er mir einen nassen Kuß auf die Wange. Ich wich nicht aus und stieß Lear auch nicht zur Seite. In diesem Augenblick zog ich den Kuß einem Karateschlag vor. Ich lehnte auch die Drinks und Zigaretten, die mir angeboten wurden, nicht ab. Diesen Rauch, belehrte man mich, müsse man schlucken wie Likör. Süßliche Nebel durchzogen den Raum und die Musik dröhnte. Man mußte schreien, um sich verständlich zu machen, und da alle schrien, verstand man niemanden. Es war Chaos. Es war Babel.
Ich erkannte die Berühmtheiten wieder. Alle waren anwesend. Die Wiener Kolonie.
Duck Dich! Die Zukunft überrollt uns, dachte ich. Umnebelt von grauen Rauchschwaden sah ich den Klangpoeten, der sparsam und wortlos Gedichte schuf, indem er es oben und unten rhythmisch knallen ließ. Neben ihm stand der Professor, Neodadas Hohepriester, der ihm den Weg gezeigt hat. Er hat die Sprache überschritten. Seine Gedichte glichen Pferdegewieher und Eselsgeschrei. Auch der mädchenhafte Liebling der Avantgarde war da. Zitronenmiene, schulterlange Haare, Blumenblattlippen, Schwanenhals. Alle haßten und beneideten ihn um seinen Erfolg. Er hatte die Kunst entdeckt, sinnlose Sätze bis ins Unendliche zu wiederholen, sinnlose Sätze durch sinnlose Sätze zu ersetzen. Dann der aufgedunsene Mundart-Dramatiker. Quartalsäufer. Autor der Punch- und Judy-Stücke. Punch bearbeitet Judy. Judy verprügelt Punch. Punch reißt Judy die Kleider vom Leib. Punch vergewaltigt Judy. Judy ersticht Punch. Der Filmemacher und sein Starlet waren auch anwesend. Er, riesige Kieferladen und puppenhafte Stupsnase. Ähnlich den geschnitzten Korkgesichtern, die man als Flaschenverschlüsse verwendet. Oder wie der Watschenmann im Prater. Er verfilmte sie in pornographischen Posen, maschinengewehrhaltend. Die beiden waren große Neuerer. Erfanden und erbauten ein Tapp- und Tastkino, das sie über die Brust geschnallt trug. Das erste Fühltheater. Das Einmannpublikum greift durch die Vorhänge und dreht an den Knöpfen. Sein Drehbuchautor: der mausige Maoist. Sein Hauptwerk: ein episches Gedicht über das weibliche Geschlechtsorgan. Kraushaar, käsiges Gesicht. Er liebte die Art, wie man während der Kulturrevolution in China Probleme löste. »Dort haut man alles zu-

sammen.« In seiner Brieftasche trug er Schriften von Mao und Disney. Mao und Micky Maus. Micky Mao. Natürlich, die sanfte Lyrikerin, Königin der Avantgarde, fehlte nicht. »Kinnhaken, Bauchtritt, Rasierschnitt, Genickschuß.« Sie war der Selbstbedienungsladen der Avantgarde. Fast niemand ging leer aus. Unmöglich zu übersehen war der hübsche Maler, der alles und jeden schön fand. Prinz Eisenherz mit Bart. »Es ist schön, schön, schön!« Seine Spezialität: zartrosa Babypopos und rotlakkierte Damenfinger in Speck eingewickelt. Sein Meisterwerk, eine Plastikscheide mit abnehmbaren Teilen. Dann noch ein Senior, weit über vierzig. Er beschmierte eine Zeitlang Aktmodelle mit Nahrungsmitteln. Aber vor kurzem hatte er seinen Stil geändert. Die symbolische Entladung hatte der echten Platz gemacht. Sein Freund war ebenfalls ein Happening-Mann. Das Schlachten von Lämmern war seine Kunst. Auf Photos zeigte er seine letzte Tat: ein Mädchen mit Lämmerinnereien bedeckt. Das Modell war ein Säugling. Der Freund hatte einen Silberblick, abstehende Ohren und das riesige Gebiß von Alfred E. Neumann, Maskottchen von *Mad Magazine.* Nur dicker. Pykniker waren an der Tagesordnung. Da war auch noch der Boß von Cosa Nostra, der machende Mann, der Promoter, der Antreiber. Er war auch fett und rauchte fette Zigarren. Er wurde immer dicker, ebenso die Zigarren. Er war der Talente-Entdekker. Er brachte sie ins Rampenlicht und hämmerte sie dem Publikum ein. Er war Alchemist. Ein Hauch von Midas umgab ihn. Alles, was er berührte, wurde zu Gold, auch wenn es Scheiße war.

Der Alkohol hatte mich fertig gemacht. Doch plötzlich verzogen sich die Schleier und ich sah die Wahrheit. Sie traf mich wie ein Schlag ins Gesicht. Dies war der Tanz um das goldene Kalb. Nein, es war der Tanz um den goldenen Esel.

Ich hörte ein Schnauben und sah einen riesigen, gehörnten Kopf. Es war der Minotaurus. Sein zottiger Tierkörper galoppierte durch die Menge. Glas splitterte. Das Klirren pflanzte sich wie Echowellen fort. Ich wurde wachgerüttelt. Eine Schlägerei hatte begonnen. Quadrat und ich folgten Lear und dem Narren zur Tür. Links und rechts stoßend, immer nur vorwärts. Schritt für Schritt. Fort, nur fort.

Wir vier fanden uns in einem Café wieder. Grabesstille. Wir waren knapp vor Eintreffen der Polizei entkommen.

Wein wurde gebracht. Lear, völlig pleite, hatte mich eingeladen, ihn und die anderen zu einem Glas einzuladen.

Eine große Frau mit atemberaubender Figur betrat das Lokal. Sie kam direkt an unseren Tisch und setzte sich. Der Narr lächelte geistlos. Sie packte ihn an den Haaren, zog seinen Kopf über den Tisch und beutelte ihn heftig. Winselnd bat er sie, aufzuhören und ihm zu verzeihen. Offenbar war sie seine Frau. Sie hatte irgendwo auf ihn gewartet, aber er war nicht gekommen, daher die Szene. Er versuchte, sie zu versöhnen, indem er ihr immer wieder seine Liebe beschwor. Lear half ihm und erzählte, was für ein wundervoller Mensch ihr Mann sei. Ein richtiger Schatz. Sie sollte ihn lieben. Denn er liebte sie. Auch sie sei ein wunderbarer Mensch. Beide seien zauberhafte Wesen. Sie sollten sich lieben und glücklich sein. Lear stand auf und strebte der Toilette zu, wobei er den Narren mit sich zog. So blieben wir drei am Tisch zurück.

Quadrat fragte die Frau des Narren, ob sie nicht eine ihrer Brüste entblößen wolle. Sie sagte nein, das könnte sie nicht, sonst bekäme sie Lokalverbot. Quadrat gab nicht auf und wiederholte seine Bitte. Wieder lehnte sie ab, aber nicht prinzipiell. Das ließ den Schluß zu, wäre man in Räumlichkeiten gewesen, wo das erlaubt wäre, hätte sie es getan. Hier jedoch bekäme sie Lokalverbot. Und Lokalverbot wollte sie nicht.

Die beiden kamen zurück. Lear setzte sich wieder zu uns. Der Narr hingegen setzte sich an einen anderen Tisch und schlug mit der Faust auf die Tischplatte. Dabei schrie er die dort Sitzenden an: wer sie überhaupt seien und wer ihnen das Recht gäbe, sich so zu benehmen. Die Leute waren verwirrt. Sie hatten ihn offensichtlich noch nie gesehen. Lear brüllte und schlug sich auf die Schenkel. Es war wieder eines seiner Späßchen. Der Narr blieb am Tisch sitzen und machte es sich bei seinen neuen Bekannten gemütlich.

Lear wandte sich wieder der Frau des Narren zu und bekräftigte erneut, was für ein wunderbares menschliches Wesen sie sei. Sie sei wundervoll und er liebe sie. Er liebte aber auch ihren Mann. Er quoll über vor Liebe. Er begann sie zu liebkosen, ständig die Menschlichkeit predigend. Er betastete eine pralle Brust und ich dachte, jeden Moment müsse sie zum Vorschein kommen, trotz Lokalverbot, aber der Narr kam rechtzeitig an den Tisch zurück. Nun ging sie zur Toilette, und die Reihe kam an den Narren, betätschelt und darüber aufgeklärt zu werden, was für ein zauberhaftes Wesen er sei. Ich schaute weg und hörte ein Klimpern wie von einer ganz zarten Tischglocke. Ich sah wieder hin. Lear und der Narr tauschten Küsse. Süße, kleine Küsse. »Mahlzeit!« Ich hatte tatsächlich laut Mahlzeit gesagt, und das hätten sie mir übelnehmen können. Aber sie liebten einander offenbar so innig, daß alles andere nebensächlich war.

Sie standen auf, gerade als die Frau zurückkam. Alle drei umarmten sich und stießen Worte von Agape aus. Menschlichkeit! Menschlichkeit! Menschlichkeit!

Da Quadrat und ich unser Gepäck noch in Lears Wohnung hatten, mußten wir mit ihnen wieder zurück. Wir riefen ein Taxi und zwängten uns hinein. Es war ein von ununterbrochenem Kichern begleiteter Liebesritt.

Später in Lears Wohnung. Rauch und Musik. Lear, der Narr und dessen Frau in der Mitte. Quadrat und ich an der Seite. Sie standen, wir saßen. Quadrat, betrunken mit dem Kopf nickend, und ich beobachteten ein schwerfälliges Menuett zu dritt. Lear entblößte mit königlicher Geste die begehrenswerten Brüste der Frau. Quadrat konnte den Augenblick nicht mehr genießen. Er hatte seinen Geist aufgegeben und war zu Boden geglitten. Ich beugte mich über ihn, versuchte ihn wachzurütteln, doch vergebens. Lear und die Frau lagen nun nackt auf dem Teppich. Der Narr umtanzte sie mit Indianergeheul, wobei er stolpernd und schwankend versuchte, sich die Kleider vom Leib zu reißen. Es ist aber schwer, beim Tanzen aus der Hose zu steigen. Als er es endlich geschafft hatte, sprang er in die Luft und schleuderte die Kleider über den Kopf hinweg. Unter ihm das ekstatische Paar. Gackernd schwirrte er über ihnen, fletschte die Zähne und zeigte seine Hauer. Er suchte einen Platz, wo er landen und sich anschließen konnte. Da ließ er sich einfach fallen und paßte sich ihrem Rhythmus an. Ein Gewirr von Gliedern wälzte sich am Boden. Sie wurden ein Ganzes. Die Masse schien sich aufzublähen und wieder zu schrumpfen wie ein urzeitliches Seeungeheuer. Ein Seeungeheuer, das an Land gespült wurde und unfähig ist, wieder ins Meer zurückzukehren.
Es war eine Nacht, in der ich Mord, Selbstmord und Vergewaltigung erwartet hatte. All dies geschah jetzt vor meinen Augen. Ich konnte nichts mehr unterscheiden. Das Ganze war ein einziger Körper. Ein Körper, der mordete, sich umbrachte und vergewaltigte.
Er würde explodieren. Würde mich vernichten. Ich mußte fort von hier, so fertig ich auch war. Quadrat lag zu meinen Füßen, tot für die Welt, entschwunden für jedermann. Vielleicht träumte er eben von dem Ungeheuer.
Die Lesbierinnnen an der Wand waren nicht länger starre Figuren, sondern bewegten sich tatsächlich. Auch sie stöhnten. Trotzki schaute nicht länger mürrisch drein, er lächelte. Nein, er warf seinen Kopf zurück und lachte schallend, bis ihm die Tränen über die Wangen liefen.

Nach der Veröffentlichung von *Da-Da* war ich in Österreich kein Unbekannter mehr. Da ich die heiligen Kühe der Österreichischen Kulturszene literarisch abgeschlachtet hatte, war ich als »Reaktionär und Faschist« entlarvt. »Sie haben gerade Selbstmord begangen«, erklärte mir der Kulturredakteur des katholischen intellektuellen Wochenblattes. Wenn ich damals wirklich schon tot war, so mußte ich zweimal gestorben sein. In vielen Angriffen gegen diese Erzählung blieb des Autors Name unerwähnt. Das ist eine in Österreich beliebte Methode, Unpersonen zu be-

handeln.
Seltsamerweise hatte ich auch manche Befürworter gewonnen, und man ermunterte mich, auf diese Art weiterzumachen. Doch *Die Rückkehr des Da-Da, Der Sohn von Da-Da, Die Braut von Da-Da* und *Da-Da begegnet dem Wolfmann* sind nicht erschienen. Damals wußte ich nicht, daß ich in den *Memoiren* nochmals einen Anlauf machen würde. Hoffentlich ist nun Schluß damit. Es ist sinnlos, ein totes Pferd zu schlagen, auch wenn man es in gewissen Kreisen noch für lebendig hält.

Anfang der siebziger Jahre wurde eine Literaturzeitschrift gegründet, und Horvath, ein älterer Autor, wurde als Aushängeschild dafür benutzt. Er verpflichtete mich zur Mitarbeit, für Übersetzungen und für Verbindungen mit englischsprachigen Zeitschriften. Ein Vorstand wurde gebildet, und zwei Mitglieder, Spatz und Glessner, ernannten sich selbst zu den Herausgebern. Ihre erste Tat war: Sie beriefen Janie Baber ins Redaktionsteam. Dies geschah in der Zeit zwischen der Annahme meiner Gedichte und der Ablehnung meiner Prosa in ihrer Zeitschrift. Baber führte mit mir ein kurzes freundliches Gespräch, in welchem sie mich bat, ihr beim Neutralisieren von Horvath behilflich zu sein. (Beim Schreiben dieser Zeilen erreichte mich übrigens Horvaths Todesparte.)
Ich muß gestehen, daß ich nicht die richtigen Fähigkeiten besaß, um Frau Babers Klub beizutreten. Ihr Schutzheiliger ist nämlich nicht der meine. Dann machte Frau Baber die Bemerkung, daß ich zu alt und zu altmodisch sei, um als Schriftsteller Erfolg zu haben. Danach entschuldigte sie sich mit den Worten: »Ich muß pischen gehen.«
Anna Rilla, die auch Vorstandsmitglied war, gab mir einen Wink, und ich wußte, was mir bevorstand. Kurz nachdem Rilla meine Arbeit privat gelobt hatte, wurde sie beauftragt, sie öffentlich zu mißbilligen; was sie auch tat. Daraufhin habe ich dem Vorstand schriftlich meinen Rücktritt bekanntgegeben.
Einige Zeit später lud mich ein Maler ein, anläßlich einer Vernissage von ihm in Krems zu lesen. Als wir uns trafen, zeigte er mir einen Brief, den Spatz ihm geschrieben hatte. Darin stand, daß der Maler in gewissen Galerien nicht mehr ausstellen könnte und in gewissen Zeitschriften nicht mehr über ihn berichtet würde, falls ich bei ihm eine Lesung abhielte. Von einer dritten Person über sein Motiv, mich so zu behandeln, befragt, erwiderte Spatz: »Ich bin jahrelang getreten worden; jetzt trete ich!«
Horvath erging es nicht viel besser als mir. Nachdem er dazu benützt worden war, die Zeitschrift zu lancieren, wurde er nicht weiter gebraucht und beiseitegeschoben. Als später eine Buchreihe der Zeitschrift ins Leben

gerufen wurde, mußte er für seine Werke einen anderen Verlag suchen. Einmal war ich zusammen mit einer Rundfunkredakteurin bei ihm eingeladen. Die Dame hatte gerade eine Sendung über die Zeitschrift gemacht. Im Laufe des Abends fragte sie ihn, ob er mit der Zeitschrift irgendwie in Verbindung stehe. »Gnädige Frau«, antwortete er traurig, »ich bin ihr Gründer.«

Wenn ein Wolf Sie ins Fußgelenk beißt, schreien Sie nicht auf. Streicheln Sie stattdessen den Wolf und nennen ihn Lämmchen. Wenn Sie sich wie ein Lamm benehmen und sehr nett zu dem Wolf sind, wird er vielleicht von ihnen ablassen und Ihnen erlauben, sich dem Rudel anzuschließen, vorausgesetzt, daß Sie es verstehen, andere anzufallen.

Ich sah die Dinge ihren Lauf nehmen, und wollte, was mir bevorstand, hinter mir haben. Ich hatte bereits Gedichte von allen Mitgliedern übersetzt und war der einzige, der weder eine Veröffentlichung in der Zeitschrift noch eine Lesung vorweisen konnte. Als ich fragte, wann denn ich an der Reihe sei, gab mir Glessner eine ausweichende Antwort. Spatz war direkter. Er sagte mir, daß dies nie geschehen würde — und fügte hinzu, daß ich ihm den Buckel hinunterrutschen könne.

(Ich bin auf Horvaths Begräbnis gewesen. Spatz hielt eine feierliche Rede und ergriff die Gelegenheit, seine Zeitschrift anzupreisen. Der Priester hatte offenbar das Gefühl, daß sich unter den versammelten Schriftstellern auch Freidenker befanden, und pries sein Produkt ebenfalls an. Indem er die Bibel hochhielt, rief er aus: »Das ist kein Märchenbuch!« Janie Baber war auch anwesend und betupfte ihre Nase mit einem Taschentuch. Eine Baber-Verbündete nahm mit tragischem Ausdruck an der Zeremonie teil; sie hatte anläßlich Horvaths siebzigstem Geburtstags in der Zeitschrift eine Laudatio auf ihn veröffentlicht und grinsend erklärt, daß man den Lobartikel auf zweierlei Art interpretieren könne. Nachdem die Wölfe ihre Opfer zerrissen haben, vergießen sie Krokodilstränen.)

Während ich *Austrian Poetry Today* vorbereitete, versuchte ich das Projekt geheimzuhalten, was mir jedoch nicht gelang. Als ich eines Tages — das Buch war noch nicht erschienen — zu einem Symposium fuhr und den Bahnsteig entlang ging, sah ich jemanden heftig aus einem Zugfenster winken. Es war Spatz. »Grüß Dich!« sagte er. »Ich höre, du machst eine Anthologie. Bin ich drin?«

Ich hatte Spatz während meiner kurzen Vorstandsmitgliedschaft tatsächlich übersetzt. Wenn ich mir die Mühe mache, einen Autor zu übersetzen, dann veröffentliche ich ihn auch, außer es wird mir verboten.

Aber zurück zu Baber: Als ich mit der Anthologie begann, fragte ich sie, ob sie darin vorkommen wolle. Ja, das wolle sie, war ihre Antwort, doch sie bestehe darauf, die Übersetzung prüfen zu dürfen. Ich fing mit einem

Gedicht über eine Fledermaus an, die mit dem Kopf nach unten in einem baufälligen alten Haus hing. (Falls der Leser daraus irgendwelche Schlüsse ziehen sollte, möge er nicht mich dafür verantwortlich machen.) Die Fassung, die ich per Post zurückbekam, war entstellt, und in dem Begleitbrief bestand Baber darauf, als Mitübersetzerin genannt zu werden.
»It's asleep, / head down, shriveled and blind.«
wurde in
»it is sleeping head downwards/shriveled and blind.«
geändert.
»The floorboards are rotten, the stairs crumbling.«
wurde in
»The floorboards are rotten, and crumbling the stairs.«
geändert.
»If you are very quiet and leave the lights off, /
you may be able to see my soul / in the framework.«
wurde in
»If you are very quiet and leave off the lights /
maybe you can see my soul in the framework.«
geändert.
»You have come late under my roof.«
wurde in
»Late it is that thou shouldst come under my roof.«
geändert.
Ich schrieb der Dame, daß ich ihren Wünschen leider nicht entsprechen könne. Sie antwortete prompt in gebrochenem Englisch, ihre Fassung müsse wortwörtlich veröffentlicht werden. Was sollte ich tun? Baber hat dieses Problem später selbst gelöst.

Ich stand nicht mit dem Rücken zur Wand; denn ich hatte nicht einmal eine Wand hinter mir. Nachdem ich mir mehr oder weniger einen Ruf als Übersetzer errungen hatte, gab man zwei Plagiatoren grünes Licht.
Es folgten eine kurze Atempause und ein kleiner Sieg. Als ich das erste Mal für die Mitgliedschaft beim PLUME-Club vorgeschlagen wurde, verhinderte Janie Baber dies mit einer langen Rede. Ludo Lederer, der *Da-Da* veröffentlicht hatte und kein Bewunderer dieser Dame war, brachte mich bei einer späteren Versammlung, bei der sie abwesend war, dann doch hinein.
Als Lederer mir anbot, bei seinem neuen Projekt als Übersetzer mitzuarbeiten, stimmte ich unter der Bedingung zu, daß man mich in den Redaktionsvorstand aufnehme. Ich empfahl auch eine gewisse Hedwig Randl

als Übersetzerin. Lederer plante, die Übersetzungen auf Matrizen zu schreiben und an ausländische Verleger, Literaturzeitschriften und Rundfunkstationen zu schicken. Die erste Ausgabe enthielt Texte von sechs russischen Untergrundautoren; im Impressum waren Lederer und zwei seiner deutschsprachigen Kollegen angeführt. Der Name des Übersetzers wurde am Schluß der Übersetzung, auf Seite 50, gedruckt. Der Übersetzer wagte, sich darüber zu beschweren.
Später, bei einer Cocktailparty im Amerikahaus, hörte ich zufällig ein Gespräch zwischen einem der Lederer-Kollegen und einem amerikanischen Schriftsteller mit. Dieser erläuterte jenem das Projekt und sagte, daß die erste Ausgabe so schlecht übersetzt worden sei, daß sie eingezogen und nochmals übersetzt werden mußte. Ich bin sicher weiß wie ein Leintuch geworden. Als ich mir den Kollegen vorknöpfte und zur Rede stellte, wiederholte er sein Urteil mit einem mitleidigen Lächeln.
Der Journalist Heinz Tomek informierte mich, daß man ihm die neue Fassung zugeschickt hatte. Wir sahen sie dann gemeinsam durch. Die neue Fassung war die alte. Abgesehen von ein paar unbedeutenden, kleinen Änderungen war es Wort für Wort meine Übersetzung. Mein Name fehlte und der »neue Übersetzer« blieb anonym.
Die alte und die neue Fassung hatten sogar dieselben Tippfehler. Die Wörter »champagne« und »ballet« waren durch »Champagner« und »Ballett« germanisiert worden. Diese Fehler waren von der deutschsprachigen Typistin gemacht worden und ich hatte sie nicht korrigieren können, da Lederer mir die Matrizen nicht zum Redigieren gegeben hatte.
Während ich mich — wegen dieses Vorfalls — noch in einem verwirrten und geschockten Zustand befand, unterbreitete A. O. mir das Angebot, für seine Anthologie österreichische Literatur zu übersetzen. Ich sagte ihm, daß ich es gerne tun würde, und als er mich bat, ihm weitere Übersetzer zu empfehlen, gab ich ihm Randls Name und Adresse.
Randl und ich tauschten Informationen aus. Sie erzählte mir, daß sie Lederer verklagen werde, weil er ihr kein Honorar gezahlt hatte, und ich wiederum erzählte ihr von den Plagiaten. Sie schlug vor, daß wir uns auch weiterhin gegenseitig auf dem laufenden halten sollten.
A. O., der Übersetzer zusammentrommelte, rief mich an und bestellte mich ins Café Raimund. Dagmar Smith, eine Österreicherin, die einen Engländer geheiratet und zehn Jahre in Cambridge gelebt hatte, war in Wien und würde auch für ihn übersetzen. Wir drei saßen im Café Raimund und diskutierten über das Projekt.
Zwei Jahre später, als die Übersetzungen fertig waren, erklärte mir A. O., daß das Buch in England erscheinen würde.
Beim Plume-Club-Kongreß in Wien 1975 gratulierte mir Vizepräsident

David Elkins zu meinen Übersetzungen in der A. O.-Anthologie. Ich erfuhr von ihm, daß Beanstandungen meiner Übersetzungen eingelangt waren und man daher im Londoner PLUME-Zentrum einen Ausschuß gebildet hatte, um sie zu rezensieren. Das Komitee hatte meine Übersetzung eines Prosastücks von Peter Handke der von Smith vorgezogen. Obwohl dies gute Neuigkeiten waren, beschlich mich wieder das altbekannte Gefühl. Man hatte mir die Handke-Erzählung zugeteilt und meine Übersetzung war auch vom Autor autorisiert worden. Smith hatte nie das deutsche Original erhalten, sondern nur meine Übersetzung »bearbeitet«. Wer war mit Smith im Bunde? Randl!

Da ich als umstritten galt, hatten Smith und Randl sich zusammengetan, um mich aus der Anthologie zu werfen und meine Übersetzungen unter sich zu verteilen. Dies geschah allein aus Prestigegründen, da die Übersetzer für eine Lappalie arbeiteten. Smith behauptete, daß ich nicht nur ein unfähiger Übersetzer, sondern auch homosexuell sei. Der Beweis dafür war, daß ich im Café Raimund keine Annäherungsversuche an Smith gemacht hatte. Anscheinend war von mir erwartet worden, à la Douglas Fairbanks über den Tisch zu springen.

Ich hatte *Index on Censorship* Auszüge meiner russischen Übersetzung verkauft, und sie wurden auch wirklich veröffentlicht. Es fand eine Versöhnung mit Lederer statt, der damals Krebs im Endstadium hatte. Er nahm das Plagiat zurück und gab mir einen Honorarvertrag. Die Plagiatorin, informierte er mich, sei niemand anderer als Randl. Wer sonst?

Ich würde hier gerne eine humorvolle Bemerkung beifügen, aber ich kann es nicht. Randl hat mich bei beiden Redakteuren, denen ich sie empfohlen hatte, unterminiert. (Mitglieder von Randls Familie waren im Konzentrationslager umgekommen, und sie selbst ist gleich mir in den Vereinigten Staaten aufgewachsen.)

Ich wollte, ich könnte auch über *positive* Erfahrungen mit anderen Emigrantenkollegen in Österreich berichten, aber die gibt es nicht; ich müßte sie erfinden.

Zwei Plagiatsversuche waren vereitelt worden — einer durch mich selbst und der andere durch meinen Schutzengel. Mein Schutzengel war im allgemeinen nicht sehr aktiv, aber wenigstens bin ich gelegentlich beschützt worden. Dies waren wirkliche Triumphe, aber ich hatte keine Zeit, sie zu feiern.

Nach Lederers Tod weigerte sich sein Schatzmeister-Kollege, der zudem Abteilungsleiter beim Österreichischen Rundfunk war, die russische Übersetzung zu bezahlen. Es wurde mir durch die Blume gesagt, daß ich nie mehr eine Sendung für den Rundfunk machen würde, falls ich meine Honorarforderung nicht einstellte. Ein Hörspiel von mir war schon ge-

sendet worden, das erste — und das letzte. Der ORF besitzt das österreichische Rundfunk- und TV-Staatsmonopol, daher gibt es keine Konkurrenz, zu der man gehen könnte. (Übrigens: der ehemalige Intendant war ein Ehemaliger, der bei Kriegsende plötzlich Demokrat geworden ist.)
In regelmäßigen Abständen hatte ich dem Schatzmeister Erlagscheine geschickt; nach drei Jahren fand endlich ein Treffen statt; der PLUME-Präsident hat dem Schatzmeister klargemacht, daß es ratsam wäre, zu bezahlen.

Und jetzt zurück zu Laus. Seit Jahren hatte der eminente Moralist, der fast täglich Platituden von sich gibt, mir mit seinem langen Messer öfters in den Rücken gestochen. Ich wußte wohl, wer der Messerstecher war, aber jedesmal, wenn ich mich umdrehte, war niemand zu sehen. Laus sticht — und verschwindet blitzartig. Ich nahm schließlich die Herausforderung an — und das Duell — wenn man es überhaupt so nennen kann — begann. Ein Duell ist nämlich ein fairer Kampf zwischen zwei gleichbewaffneten Gegnern. In diesem Fall hatte der eine Gegner eine Gruppe von Handlangern hinter sich, die auf seine Befehle warteten.
Frau Baber hat erklärt: »Kuhner greift uns alle aus dem Hinterhalt an.«
Aber ich wende nicht die Taktik meiner Gegner an.
Obwohl es nie eine persönliche Konfrontation gegeben hat, bin ich von Dr. Laus ständig bekämpft worden. Was war sein Motiv?
Wenn man Macht anstrebt, hilft man nur denen, die es gar nicht nötig haben, mit der Absicht, daß sie sich revanchieren können. Jeder, der integer und fähig ist, auch wenn er wenig Einfluß hat, kann eventuell gefährlich werden und muß daher verhindert werden. Wenn er es aber zu etwas gebracht hat, macht man Kratzfüße vor ihm.

Nachdem ich diesen Affenzirkus eine Zeitlang miterlebt und meine ersten Stiche in den Rücken erhalten hatte, schrieb ich die folgenden Zeilen:

ODE AN WIEN

Der Walzer
und das goldene Herz:
eins, zwei, drei,
eins, zwei, drei.
Frack, Zylinder
und weiße Handschuhe

der Gastgeber
nähert sich
im Takt der Musik
Stock in einer Hand
Strick in der anderen.

Der Henker
Herr und Diener
steht zur Verfügung
und bietet die Schlinge an
wie eine schicke Krawatte.

Wenn du sie annimmst
und zuziehst
lüftet er den Hut
und lächelt.

Aber alles geschieht demokratisch
mit Stil, Elegance
und Diskretion.

Du hast die Wahl.
Der Gastgeber
ist nur Versorger —
nicht er
sondern du bist dein Henker.

Es gab zwei gleichzeitig stattfindende Vorfälle: aus Australien teilte man mir mit, daß ich zum Adelaide-Festival im Jahre 1976 eingeladen würde, um dort österreichische Lyrik, sowie meine eigene, zu lesen — und ich erfuhr, daß ein neuer Posten für Dr. Laus geschaffen wurde. Man berief ihn an die Spitze einer neugegründeten Kulturabteilung im Außenministerium. Mit anderen Worten: der Export österreichischer Kultur wurde ihm komplett übertragen. Ein neuer Zar ist gekrönt worden.
In einer Tageszeitung gab Dr. Laus seine Absichten und Pläne hinsichtlich seines neuen Postens bekannt. Etwas Edleres konnte man sich kaum vorstellen. Es klang wie das Neue Testament. Als ich es las, wußte ich genau, was mir nun bevorstand.
Kulturstelle ohne Aktenzwang: Dr. Wolfram Laus wird im Außenamt kulturelle Belange koordinieren.

»Mein Büro ist aus dem bürokratischen Apparat herausgenommen und arbeitet nicht unter Aktenzwang. Es soll allen kreativen Kräften des Landes ohne Schwellenangst offenstehen. Mein kleines Büro ist absolutes Neuland, das für den Kulturexport etabliert wurde, um die Bedürfnisse des Auslandes zu befriedigen. Wir werden Botschaften, Konsulate und Kulturinstitute auf internationaler Basis direkt kontaktieren. Die Österreichische Gesellschaft für Kultur, die ich im Jahre 1961 gegründet habe, hat allen bisherigen Normen widersprochen. Sie ist inzwischen zu einer in der ganzen Welt beachteten Stelle geworden. Nun werden diese beiden Tätigkeiten einander ergänzen.

Die österreichischen Institute werden Listen mit den Namen der erwünschten Fachleute aus dem kulturellen sowie ökonomischen Umweltbereich erhalten. In meinem Buch *Die Macht der Kultur* habe ich die Bedeutung der Kultur in der heutigen Gesellschaft untersucht und ihren Mißbrauch in den Diktaturen und Mißachtung in den Demokratien aufgezeigt. Mir sind die Fallen nur zu gut bekannt, die die Verbreitung von Kultur mit sich bringen. Ich beabsichtige, meine neue Aufgabe vollkommen offen und objektiv, sowie frei von Vorurteilen, zu erfüllen, wie ich das bisher stets getan habe.«

Dr. Laus hat sich eine Karriere daraus gemacht, ein Manipulator von kulturellen Belangen und ein professioneller Moralist zu sein. Seine Spezialität sind schöne Worte und häßliche Taten. Er muß ethische Werte verkünden, damit er amoralisch handeln kann. Dies ist vielleicht die falsche Art, Richtlinien zu befolgen, aber er tut sein Bestes, darin konsequent zu bleiben. Die Rolle, die er sich gewählt hat, ist es, das Gewissen der Nation zu sein. Kein Wunder, daß die Dinge so sind, wie sie sind.

Laus ist ein *Wolf*ram im Schafspelz, und natürlich ist er nicht der einzige seiner Art. Die Wölfe sind keine Einzelgänger; sie sind in Rudeln unterwegs und bemühen sich redlich, wie eine Schafherde auszusehen. Einige Schafspelze passen besser als andere. Wenn man genau hinschaut, kann man manchmal Schnauzen oder Pranken erkennen. Die Dinge haben sich, gelinde gesagt, sehr weit entwickelt. Wie kann man auskehren, wenn man ständig mit dem Besen eins auf den Kopf bekommt? Beim Saubermachen müßte man als erstes den Wölfen das Fell abziehen.

Nun kommen wir zum Hauptgefecht dieser Story. Die Unterlagen dazu befinden sich in einer Pappschachtel; es handelt sich um verschiedene Papiere, Korrespondenzen und Dokumente. Um vorzusorgen, daß nichts verloren gehe oder zerstört werde, wurden Kopien des Schachtelinhaltes an die Bostoner Universitäts-Bibliothek geschickt, wo mein Werk archiviert wird.

Ich weiß nicht, wie schwer die Schachtel ist, aber mir schien sie tonnenschwer, als ich sie am Rücken trug. (Ich habe sie noch immer nicht abgestellt, obwohl ich, während ich dies schreibe, allmählich im Begriff bin, es zu tun.) Ein Blatt Papier nach dem anderen kam in die Schachtel und machte sie schwerer und schwerer. Wirf sie doch weg, wurde mir geraten. Aber ich sammelte weiter, bis die Schachtel voll war. Ich wußte, daß ich alles eines Tages brauchen würde. Das Problem ist: Ich habe einen Haufen Papierkram, den ich prüfen und ordnen muß, damit der Leser von der Materialfülle nicht erdrückt wird. Die Schachtel ist *meine* Last, sie darf nicht die des Lesers sein. Ich muß ihm Einblicke gewähren, doch er darf dabei die Aufmerksamkeit nicht verlieren. Ich hoffe, daß ich das durch Verkürzungen und Streichungen erreichen kann. Dies ist keine Reportage, sondern Literatur, die auf Tatsachen beruht.

Entgegen meiner Erwartungen schrieb mir Larry More, der Herausgeber von *Poetry Australia:* »Ich entnehme dem Brief von Iris Black aus Süd-Australien (sie gehört dem Ausschuß für Literatur an), daß Sie der Delegierte Österreichs beim Adelaide-Festival im nächsten Jahr sein werden. Offenbar sind die Österreicher noch niemals eingeladen worden, und deshalb war man sehr begeistert.«

Der Besuch des Festivals würde wichtig für mich sein, da ich bis dahin in Österreich als Schriftsteller völlig isoliert gewesen war.

Ich wartete. Doch die Einladung nach Adelaide kam nicht, und die Dinge nahmen ihren gewöhnlichen Lauf. Die Österreicher hatten es sich anders überlegt. Genau gesagt, *ein* Österreicher hat sein Teil dazu beigetragen, daß sie es sich anders überlegt hatten. More klärte mich auf: »Die Regierung Ihres Heimatlandes hat es abgelehnt, Sie nach Adelaide zu entsenden. Sie scheinen bei denen recht unbeliebt zu sein.«

Ich wußte, daß ich im Begriff war, die rostige Spitze von Laus' langem Messer zu spüren zu bekommen — denn er trägt bloß ein Messer, kein Schwert (nicht einmal ein rostiges).

More schrieb mir wieder und informierte mich, daß die Organisatoren des *Adelaide-Festivals* zweimal bei den Österreichern nachgefragt hatten. Das erste Mal kam die Antwort, daß zwar ein Schriftsteller geschickt würde, aber nicht Kuhner. Die Antwort auf die zweite Anfrage besagte, daß überhaupt niemand entsandt würde.

Nun hatte ich, was ich brauchte. Die Übersetzungen der russischen Untergrund-Autoren waren zur Veröffentlichung im *Index* bereit, und als ich Kopien der Adelaide-Korrespondenz an die Herausgeber der Zeitschrift schickte, teilten sie mir mit, daß sie die Angelegenheit aufgreifen würden; doch ich sollte vorerst versuchen, den Fall intern zu regeln.

Ich hatte zwar den Beweis, daß meine Einladung nach Adelaide hintertrieben worden war, doch ich hatte keinen Hinweis auf die Person, welche dahintersteckte — obwohl es für mich darüber keinen Zweifel gab.
Das war im Winter 1975. Ich schrieb alle zuständigen öffentlichen Stellen in Österreich an, erhielt aber nur eine einzige Antwort: sie kam vom damaligen Bundespräsidenten und beinhaltete einen Termin für eine Audienz.
Zur vereinbarten Zeit war ich zur Stelle und schritt durch die barocken Spiegelsäle zum Büro des Staatsoberhauptes. Als ich eintrat, erhob sich der Bundespräsident und fixierte mich streng. Da er keine Anstalten machte, mir die Hand zu geben, beging ich den faux pas und streckte ihm meine Rechte entgegen... Es dauerte ein paar Augenblicke, bis er sie schließlich ergriff.
Sein hageres Gesicht war steif vor Zorn, als er zu sprechen begann. Ich mußte unwillkürlich an die larmoyante Predigerstimme seiner Reden denken, aber nun war die Stimme monoton. Er war wütend, weil ich herausgefunden hatte, was hinter den Kulissen vorging, und sagte: »Es kann vorkommen, daß ein Schriftsteller einen Gegner hat. Aber was kann ich tun?«
»Sie brauchen nur mit den Fingern zu schnippen«, wollte ich schon antworten, aber ich schwieg. Er fuhr fort, daß seine Hände gebunden seien. Wären sie frei gewesen, hätte er Waschschüssel, Seife und Handtuch verlangen können. Er beendete die Audienz mit der Floskel, er würde überlegen, ob er mir nicht doch helfen könne. Das sagen die Mächtigen immer, um den Machtlosen einen Funken Hoffnung zu lassen; die wahre Absicht ist, allfällige Pläne zu verzögern.
Als ich ging, wußte ich, daß ich nie wieder von ihm hören würde — und so war es auch; spätere Briefe blieben unbeantwortet.

Ich schrieb an Larry More und bat ihn, dafür zu sorgen, daß eine Einladung an mich persönlich geschickt würde, und legte ihm Übersetzungen österreichischer Lyrik für *Poetry Australia* bei. Dann bereitete ich einen Artikel für *Index* vor, der alle Informationen beinhaltete, die ich zu diesem Zeitpunkt hatte. Obwohl ich damals noch keinen unwiderlegbaren Beweis hatte, daß Laus hinter der ganzen Sache steckte, gab ich ihm doch die Hauptschuld. Er war immerhin der Chef der zuständigen Abteilung.
Die Einladung nach Adelaide kam nebst einer Bitte von More: »Bremsen Sie sich mit den österreichischen Übersetzungen ein, denn sonst müssen wir unsere Zeitschrift bald *Poetry Austria* nennen.«
Ich sandte nun eine Kopie der Einladung an das Unterrichtsministerium

mit der Bitte um Subventionierung der Reise; dasselbe versuchte ich noch an anderen Stellen, aber der Erfolg war gleich Null. Da alles getan worden war, mich vom *Adelaide-Festival* abzuhalten, fand ich, daß es äußerst wichtig wäre, daran teilzunehmen. Im März 1976 flog ich schließlich auf eigene Kosten nach Australien.
Ich hielt Lesungen beim Festival und an Universitäten. Während des Festivals machte ein Manifest die Runde, in dem zur Unterstützung eines Russen aufgerufen wurde, der zwar eingeladen, aber am Kommen gehindert worden war. Ich suchte die Verfasser des Manifestes auf, stellte ihnen mein eigenes Material zur Verfügung, und so gelangte der Versuch, meine Einladung zu hintertreiben, an die Öffentlichkeit.
Vielleicht fand man mich in Australien sympathisch, aber ich war offensichtlich jemand, der Schwierigkeiten nach sich zog. War das nun meine Schuld oder nicht? Bürokraten kümmern sich nicht darum, sie wollen nur einen reibungslosen Ablauf. Vor allem aber wollen sie vermeiden, in irgendwelche Streitereien hineingezogen zu werden. Wenn man also irgendwo Schwierigkeiten mit Bürokraten hat, kann man sicher sein, daß Bürokraten anderswo sich in dieser Sache neutral verhalten werden.
Als ich nach dem Festival als Gast von More in Sydney weilte, erhielt ich einen Brief des österreichischen Unterrichtsministeriums; meine Mutter hatte ihn weitergeleitet. Man hatte sich fünf Monate Zeit gelassen, mein Gesuch zu beantworten: keine Subvention, war die formelle Nachricht. War es ein Zufall, daß sie mit der Antwort bis nach dem Beginn des Festivals gewartet hatten?
Bald nach meiner Rückkehr nach Österreich erschien die *Index*-Nummer, die meinen Artikel und Auszüge von *Sechs russischen Untergrund-Autoren* enthielt; Kopien dieses Artikels schickte ich an Zeitungen, Zeitschriften und behördliche Stellen.

DER GROSSE KÄSE UND DIE KLEINEN KARTOFFELN

Na und!...
Der große Käse wollte
ein Kartoffelpüree machen.
Der Käse ist doch ein großer Käse
und die Kartoffeln sind sehr klein.
Das sagt der Käse,
und er muß es wissen.
Er ist ein Kartoffelexperte.
Und wenn er einen kleinen Fehler machte,

ist das so schlimm?
Ein bißchen Eau de Cologne
wird alles richten.
Ist es nicht wichtiger
für den Käse weiter zu agieren,
als in Schwierigkeiten zu geraten
wegen so einer kleinen Sache?
Wen kümmert es,
wenn Käse
und Käse-Untertanen
Püree machen?
Außerdem,
diese Kartoffeln verdienen es,
Püree zu werden.
Jetzt haben sie die Frechheit
zu behaupten,
daß der Käse
innen ganz schimmelig ist
und daß es Zeit wäre
ihn einzupacken.
Sie wollen sogar
mit einem Käse-Schneider
auf ihn losgehen!

Mein Gott,
es stinkt zum Himmel:
Somebody cut the cheese!

Wenige Tage später rief mich das Faktotum von Laus, die liebe, gute, alte Frau Fido, an: Dr. Laus wünsche, daß ich zu einem Gespräch in die Kulturgesellschaft käme. Ich antwortete, daß ich einen schriftlichen Gedankenaustausch vorziehen würde. Doch als Laus sich an A. O. wandte und ihn bat, ein Treffen zu arrangieren, sah ich keine Möglichkeit auszuweichen. Ich konnte ja nicht gut ablehnen, mit Laus zu reden.
Bei diesem Treffen am 29. Juli 1976, bei dem auch A. O. und zwei weitere Zeugen anwesend waren, lud mich Dr. Laus ein, eine Lesung in der Gesellschaft zu halten. Jahrelang hatten er und seine Verbündeten mich als »unwesentlich«, »unterdurchschnittlich« als Schriftsteller und Übersetzer, als »verkrachten Autor« bezeichnet, der »weder in der amerikani-

schen noch in der österreichischen Literatur einen Platz hat« und der »nie in der Gesellschaft lesen würde«.
Und nun bot der »gute Christ« Laus dem Hund, der ihn in einer ausländischen Zeitschrift gebissen hatte, einen Knochen an!
Ich kam auf die Adelaide-Geschichte zu sprechen, und er beschwor vor den Zeugen, daß er mit der Hintertreibung meiner Einladung nichts zu tun habe und auch nichts darüber wisse.
Diese späte Einladung zu einer Lesung in der Kulturgesellschaft entsprang einer Neutralisierungstaktik; es wäre aber unklug gewesen, das Angebot abzulehnen.
Dann sagte Dr. Laus, daß er mit meiner Arbeit nicht vertraut sei und ich ihm doch einiges schicken sollte, damit er es lesen, beurteilen und mich beraten könne.
Was für ein netter Mensch, dachte ich. Ich habe einen Freund gefunden!
Bei der Tür nahm er meine Hand und sagte: »Es tut mir leid, daß sie es so schwer gehabt haben, es tut mir leid, daß sie so sehr gelitten haben.« Ich konnte ihm meine Hand nicht gleich entziehen, da er sie festhielt, doch schließlich schaffte ich es, mich aus seinem Griff zu befreien und eilte weg.
Die Lesung stand wie ein Alptraum vor mir, aber ich mußte sie halten.
Am Tag der Veranstaltung war Dr. Laus verreist. Einer seiner Mitarbeiter stellte mich dem Publikum vor: »Sitzt man mit einem austro-amerikanischen literarischen Hintergrund denn nicht zwischen zwei Stühlen?« fragte er. Ich bestätigte es. Was ich eigentlich sagen wollte, war, daß mein Hinterteil sehr wohl in der Luft hing, und daß einige Leute alles dazu taten, damit es so bliebe.

Nach meiner Lesung veröffentlichte Dr. Laus in einer Zeitung eine Erklärung. Hier sind Auszüge: »Ich habe nie einen Briefwechsel mit dem Adelaide-Komitee gehabt. Daß Herbert Kuhner ein Stipendium, das er anstrebte, nicht erhalten hat, tut mit leid, aber das kommt vor und ist kein Zeichen von Unterdrückung… Ich bedauere aufrichtig, daß Herbert Kuhner sich von mir und dem Mißerfolg (offenbar ein und dasselbe) verfolgt fühlt.«
Bemerkenswert dabei ist, daß ich selbst, *lange nachdem* Adelaide das Außenministerium um Subventionierung gebeten hatte, beim Unterrichtsministerium um Subvention angesucht habe.
Zu jener Zeit sammelte ich Material für *Unter der Glasur,* eine Lyrik-Anthologie, die Jahre später erscheinen sollte. Einer der Lyriker, mit denen ich Kontakt aufnahm, war Roland Kaiser, Bundeskanzler Bruno Kreiskys Kultursekretär. In seiner Studentenzeit hatte Kaiser Lesungen an der

Wiener Universität organisiert. Diese Lesungen wurden bald so populär und erfolgreich, daß Dr. Laus sie als ernste Bedrohung für seine Kulturgesellschaft empfand und alles daransetzte, um Kaisers Position zu schwächen. Dazu gehörte auch der »Diebstahl« eines von Kaisers Autoren: Laus wandte sich in Kaisers Namen an den betreffenden Schriftsteller, sagte die Lesung an der Universität ab und bot seine Gesellschaft als Ersatz an. Kaiser wußte von all dem nichts und wartete am Tag der Lesung gemeinsam mit dem Publikum auf den angekündigten Autor. Als Kaiser bei der Gesellschaft erschien und seinen Schriftsteller zurückforderte, drohte Laus: »Wenn Sie noch ein Wort sagen, lasse ich Sie aus dem Saal weisen und abführen!«

Kaiser sah nun die Möglichkeit, mit meiner Hilfe seine alte Rechnung mit Laus zu begleichen. Meine Chancen, Laus zu entlarven, standen gut, und wenn wir gemeinsam vorgingen, könnte es uns vielleicht sogar gelingen, ihn bloßzustellen.

Das klingt vielleicht so, als wollten sich zwei Strolche gegen einen Schwächling zusammentun. Mag sein, daß es den Strolchen gelungen ist, dem Schwächling ein blaues Auge zu schlagen, aber der Schwächling erwies sich schließlich, mit Hilfe seiner vielen Freunde, als sehr erfinderisch. Die getreue Seele Fido bezeichnete uns als »zwei verkrachte Autoren, die sich gegen Dr. Laus vereint haben«.

Am 13. Jänner 1976 telephonierte Kaiser mit Dr. Laus und hielt folgendes Protokoll dieses Gespräches fest:

Kaiser: »Herr Doktor Laus, ich möchte in der Angelegenheit Kuhner-Adelaide-Festival privat bei Ihnen anfragen und wissen, wie sich das verhalten hat. Wenn sie mir das privat sagen möchten.«

Dr. Laus: »Ja, freilich.«

Kaiser: »Haben Sie damals irgend etwas in der Sache veranlaßt?«

Dr. Laus: »Nein.«

Kaiser: »Aber irgendwie muß es doch über Sie gegangen sein?«

Dr. Laus: »Nein. — Ich hab eine Beurteilung gegeben. Also, es ist ein Akt gekommen — na, und da hab' ich eine Stellungnahme geschrieben. Es wurde von mir eine Stellungnahme eingeholt.«

Kaiser: »Also doch! Und in welcher Weise haben Sie die gegeben?«

Dr. Laus: »Die war negativ. Weil ich es... (unterbricht sich)... ich hab es nicht befürwortet. Aber es ist nie von mir ein Brief abgegangen.«

Kaiser: »Also gut. Das ist, was ich wissen wollte. Also Danke. Auf Wiederhören.«

Kaiser teilte mir mit, daß die gesamte Korrespondenz und alles übrige Material in Sachen Kulturaustausch in speziellen Akten gesammelt werden. Der nächste Schritt würde also sein, um Einsicht in den mich betreffenden Akt zu bitten. Als Kaiser dies versuchte, wurde ihm zuerst gesagt, der Akt sei in London; doch da er nicht locker ließ, wurde er schließlich von einem Boten ins Büro geleitet. Kaiser blätterte den Akt durch und fand zwei Berichte; der eine stammte vom Juni, der andere vom Juli 1975. Der erste, von Dr. Konrad Koller, enthielt den Satz: »Herbert Kuhner ist prädestiniert, Österreich in Australien zu repräsentieren.« Der zweite, von Dr. Laus, enthielt die Formulierung: »Herbert Kuhner ist ein überaus schwacher Autor.«

Offensichtlich gehört es zu Laus' mannigfaltigen Talenten, einen Autor zu beurteilen, ohne etwas von ihm gelesen zu haben.

Indem wir ein bißchen nachhalfen, verstrickte sich Laus also immer stärker in einem Wirrwarr von Unwahrheiten. Wir stellten eine Dokumentation zusammen und schickten sie an diverse österreichische Zeitschriften und an den amerikanischen Korrespondenten Alvin Lunt.

Kaiser war überzeugt, daß uns sein Boß unterstützen würde; aber ich war skeptisch. Ich konnte mir nicht vorstellen, daß der Kanzler an der Seite eines Emigrantenkollegen einem derat mächtigen Drahtzieher entgegentreten würde.

Hier einige Laus-Zitate:

Dr. Laus zu *Index:* »Ich habe Herrn Kuhner niemals in irgendeiner Weise benachteiligt, und wer mich auch ein wenig näher kennt, wird diese Beschuldigung als absurd abtun. Leider ist Herr Kuhner durch seine völlig unqualifizierbaren Beschuldigungen in Wien schon bekannt.«

Dr. Laus zu Alvin Lunt: »Ich habe damals gesagt, der Betrag ist enorm hoch und ich glaube nicht, daß es vertretbar ist, daß wir jetzt so einen hohen Betrag ausgeben. Das war meine Stellungnahme... Wir hatten nur zu entscheiden, ob Herr Kuhner die Reisekosten bezahlt bekommt oder nicht. Es ist entschieden worden, daß infolge der Geldknappheit es nicht möglich war, Herrn Kuhner die Reisekosten zu geben. Das ist alles.«

Lunt: »Hat es irgend einen anderen Grund gegeben?«

Dr. Laus: »Nein, nein, nein!«

Weitere Zitate von Dr. Laus und seinem Sprachrohr:

Dr. Laus: »Herbert Kuhner fühlt sich verfolgt. Das hat andere Gründe, aber keine realen... Er ist in einer schwierigen psychologischen Situation. Schade, daß er zuhause sitzt und phantasiert... Ich hoffe, daß ich ihm noch helfen kann.«

Frau Fido: »Herbert Kuhner braucht ein Abonnement beim Psychiater... Er ist ein Psychopath.«

Mein Kommentar zu all dem: Jeder Mensch mit klarem Verstand kann sehen, wo hier der echte Wahnsinn liegt.

Als sich Journalisten an Laus wendeten, wußte er, wieviel es geschlagen hatte und was ihm drohte. Er schrieb Kaisers Boß, Lunt habe ihn darüber informiert, daß Kaiser sein Telephongespräch mit ihm auf Band aufgenommen habe.

Kaiser hatte auf die Unterstützung seines Chefs gehofft, doch nun wurde er zu ihm zitiert und beschimpft. Die einzige Sorge seines Vorgesetzten war ein möglicher Skandal. Als Kaiser ihm die Dokumentation vorlegte, schob er sie zur Seite und meinte: »Das ist mir alles wurscht!«

Kaiser teilte mir, sichtlich erregt, mit, daß ein Beamter, dem nachgewiesen werden kann, daß er Aussagen eines anderen Beamten auf Tonband aufgenommen hat, mit einer Gefängnisstrafe rechnen müsse. Kaiser rief Lunt an, der ihm versicherte, daß er niemals so etwas behauptet habe, und daß er ihm das auch schriftlich geben würde — was er dann auch tat. Aber die Erklärung Lunts konnte an der Unterstützung des großen Chefs für Laus nichts ändern.

Nun erschienen Artikel in österreichischen Publikationen, in denen Laus' Machenschaften aufgezeigt wurden. Laus fuhr fort, sich immer mehr in seinem Netz zu verfangen, aber wie sehr er sich auch verstrickte — nichts konnte den Boß gegen ihn einnehmen. Seine Wut richtete sich gegen Kaiser und mich. Kaiser wurde allerdings nicht entlassen, er wurde nur abgeschoben und mit Papierkram überhäuft. Sie feuern einen Beamten nicht, wenn sie ihn loswerden wollen. Sie ekeln ihn hinaus. Im Duell zwischen dem Kulturberater und dem Kultursekretär zog der Sekretär den kürzeren; schließlich wechselte er von der Politik in die Industrie. Ich mußte nun allein weiterraufen.

Obwohl die meisten Pressestimmen für mich sprachen, las ich in einer Boulevardzeitung unter meinem Bild: »Ich fühle mich verfolgt.« Ich hatte das niemals gesagt oder geschrieben, aber dieses falsche Zitat wurde mir nun immer wieder unterschoben. Laus selbst hatte geschrieben: »... daß Herbert Kuhner sich von mir und dem Mißerfolg... verfolgt fühlt.« Von jenem Zeitpunkt an war mir die Bezeichnung als Verrückter, der keine Grenzen kennt, sicher.

Während unserer »Kulturschlacht« behauptete Dr. Laus einmal vor Zeugen, daß ich bewaffnet sei, und daß er Angst hätte, von mir erschossen zu werden. Aber ich besaß ja gar keine Schußwaffe, sondern zielte nur mit dem Finger auf ihn. Während der ganzen Auseinandersetzung hatte ich niemals irgendeine Drohung ausgesprochen und war in meinen verbalen

und geschriebenen Aussagen immer korrekt gewesen. Wenn einer sich in der Situation findet, allein gegen viele zu sein, und die Mehrheit noch dazu einen Apparat zur Verfügung hat, kann der kleinste Ausrutscher katastrophale Folgen haben. Außerdem wollte ich nicht, daß Laus stirbt; ich wollte, daß er lebt, sodaß ich ihn erstechen könnte – nicht mit einem Messer, sondern mit der Feder, wie ich es jetzt tue.
Ich greife nicht zur Pistole; ich ziehe die Sprache als Waffe vor.
Zu jener Zeit hatte Laus eben ein neues Buch veröffentlicht. Es war ein Aufruf an Beamte, mutig zu agieren und alle Entscheidungen als Einzelperson zu treffen, nicht als Teil eines bürokratischen Apparats.

Nachdem Laus von einem tollwütigen Hund verbellt und gebissen worden war, kamen ihm zwei Handlanger, ein junger in London und ein alter in Wien, zu Hilfe, um in Leserbriefen an Zeitschriften, in denen Artikel über Laus erschienen waren, diesen zu verteidigen. Ich hatte ungerechterweise das strahlende Ansehen ihres Helden besudelt, und diese Sache mußte wieder in Ordnung gebracht werden. Das Zitat »Ich fühle mich verfolgt« wurde mir neuerlich zugeschrieben. Ich galt nicht nur als Verrückter, sondern als Verrückter, der sich selbst als solcher bezeichnet hatte.
Ian Lovelace in London nannte mich einen »verkrachten Autor, der blindwütig um sich schlägt«. Und er schrieb weiter: »Ich kann mir vorstellen, daß die Art und Weise, in der er in seinen Parabeln das österreichische Establishment anprangert, kaum dazu geeignet sein dürfte, sich bei diesem beliebt zu machen.« Ich antwortete: »Ich halte dieses Thema nicht für tabu. Ich zweifle außerdem sehr daran, daß Sozialkritik jemals einen Schriftsteller beim Establishment »beliebt« gemacht hat. Aber ich bin überzeugt davon, daß ein Schriftsteller das Recht hat, gelesen oder gehört zu werden, auch wenn Organisationen oder Einzelpersonen das, was er sagt, wenig schmeichelhaft finden.« Lovelace schloß mit dem Satz: »Ihn zu unterstützen, würde bedeuten, Paranoia freien Lauf zu lassen.« Darauf erwiderte ich: »Das Wort *Paranoia,* so wie es hier gebracht wird, ist Bestandteil des Vokabulars des Psychoterrors. Mehr ist zu dieser Verleumdung nicht zu sagen.«
In Wien brach der Literaturkritiker Franz Feigl eine Lanze für Laus. Wieder wurde mir das falsche Zitat »Ich fühle mich verfolgt« vorgehalten. Und Feigl fügte hinzu, daß mein literarischer Rang nicht hoch genug wäre, um meine Teilnahme bei einem ausländischen Symposium als Vertreter Österreichs zu rechtfertigen. Weiters schrieb er, daß ich neidisch wäre, weil ein anderer Autor mir vorgezogen worden war. (Offensichtlich war

ich auf mich selbst neidisch gewesen, da ich ja vom Gastgeberland ausgewählt worden war.)
Das folgende Manifest machte während des Festivals in Adelaide die Runde und wurde im *Index* veröffentlicht.
»Wir Besucher und Teilnehmer der Schriftsteller-Treffen beim *Adelaide Festival* 1976 wollen den Organisatoren unsere Sorge darüber zur Kenntnis bringen, daß manche Schriftsteller, die hierher eingeladen wurden, aus bestimmten Ländern durch politische Maßnahmen daran gehindert werden, an diesem Treffen teilzunehmen. Wir fordern die Organisatoren auf, in jenen Fällen nachzuforschen, wo solch ein Verdacht besteht, und zu prüfen, ob es geschieht oder geschehen kann, daß Einladungen an offizielle Vertreter oder Delegationen eines Landes nicht erteilt werden.«
Feigl schloß seinen Brief mit der Feststellung, daß Laus sein Freund sei. Tatsächlich hätte man zwei bessere Gesinnungsgenossen nicht finden können.
In Fällen wie dem meinen, da einer aus der Reihe tanzt, holen sie — um zu beweisen, daß keineswegs Antisemitismus mit im Spiel sei — gern den alten Feigl hervor — zumal er sich für diese Rolle immer gern zur Verfügung stellt.
In seinen jüngeren Jahren war Feigl daran beteiligt, daß Bert Brechts Arbeit im Nachkriegs-Österreich boykottiert wurde — was er übrigens sogar zugibt, und worauf er noch heute stolz ist. (Dabei kann ich mir gar nicht vorstellen, daß Feigl jemals jung gewesen sein soll. Er muß schon mit Bartstoppeln am Kinn geboren worden sein.) In der McCarthy-Ära verließ Brecht die Vereinigten Staaten und kam nach Österreich; aber er fand hier nicht die Billigung Franz Feigls. McCarthy hatte den deutschen Emigranten Brecht vertrieben, und der österreichische Emigrant Feigl hatte sein Bestes getan, ihn aus Österreich zu vertreiben. Brechts nächste und letzte Station war Ostdeutschland.
Im Jahr 1949 sollte Brecht Mitglied des Salzburger Festspiel-Vorstandes werden. Er beabsichtigte, berühmte Emigranten wie Peter Lorre, Oskar Homolka und Fritz Kortner nach Salzburg zu bringen. Franz Feigl fand einen Verbündeten in Josef Klaus, dem damaligen Landeshauptmann von Salzburg. (Laut Gottfried von Einem, der im Festspiel-Vorstand saß, trat Klaus gegen ein Gastspiel des Julliard Quartetts mit der Begründung auf, daß »die vier Herren Juden sind, und die Verjudung des Festspieles lasse ich nicht zu«.)
Als der Konservative Bundeskanzler Josef Klaus bei den Wahlen 1969 gegen den Sozialistischen Herausforderer Bruno Kreisky auftrat, lautete der Slogan unter dem Klaus-Photo auf dem Wahlplakat: »Ein echter Österreicher«. Die unausgesprochene, aber unvermeidliche Schlußfolge-

rung, die daraus zu ziehen war, mußte lauten: Kreisky als Jude kann kein echter Österreicher sein. (Nach einer Umfrage, die 1986 am Höhepunkt der Waldheim-Affäre im *Journal für Sozialforschung* veröffentlicht wurde, sahen 43 % der Befragten österreichische Juden nicht als »echte Österreicher« an, und 79 % hielten es für zumindest teilweise richtig, daß die Juden selbst für ihre Verfolgungen verantwortlich sind.) Nachdem Kreisky die Wahl gewonnen hatte, widersprach er der Schlußfolgerung des Wahl-Slogans, indem er ehemaligen Nazis die Türen seines Kabinetts weit öffnete. *Das Kabinett des Dr. Caligari* war weit weniger schauerlich als *Das Kabinett des Dr. Kreisky.*

Feigl gesteht Brecht zu, daß er ein Meister der Sprache war, aber er verdammt ihn aus ethischen Gründen. Wenn ein schlechter Charakter ein hinreichender Grund wäre, boykottiert zu werden, würden viele Schriftsteller in Österreich und anderswo auf die schwarze Liste gesetzt.

Ich bin kein Bewunderer Brechts: ich mag weder die graue Atmosphäre seiner Stücke noch seine Humorlosigkeit und die hochtrabende Moral. Und leider war ihm, wie vielen anderen, wichtiger, über Moral zu schreiben als danach zu leben. Trotzdem fühle ich mich geschmeichelt, so wie Brecht von Feigl verachtet worden zu sein. Ich bin ein Gegner von Boykotten und schwarzen Listen und ein Befürworter des freien Austauschs von Ideen.

Der »Austausch« zwischen einem Sadisten und einem Masochisten ist deren Privatsache. Aber ich bin entschieden gegen Grausamkeit an Tieren für sogenannte »künstlerische Zwecke«. Es gehört verboten, daß »Künstler« kochendes Wachs über lebendige Vögel gießen und Tiere öffentlich geschlachtet werden, um die Kadaver für sado-masochistische Rituale zu verwenden.

Zurück zu Feigl. Der gute Mann tritt gerne als Schutzheiliger junger Talente auf. Und so kam es nicht überraschend, daß er einmal auch eine Einführung für ein Sachbuch zweier junger Autoren schrieb. Überraschend war allerdings dies: sein Name prangte vor den ihren auf dem Umschlag; in Interviews wurde er wie der Autor des Buchs behandelt, die wirklichen Autoren blieben ungenannt. Und bei der Buchpräsentation thronte Feigl am Podium, die Autoren hingegen saßen im Publikum — und wurden wieder nicht erwähnt.

Feigl denkt sich nichts dabei, für sich selbst zu werben. Wenn er ins eigene Horn bläst, kommen liebliche Herz-Schmerz-Lieder heraus. Oh, es tut so gut, gut und brav zu sein. Feigl, Laus und Baber opferten sich alle für das Wohl anderer auf und mußten im Hintergrund bleiben. Feigl trompetet es laut heraus, während Laus ihn auf der Geige begleitet und Baber auf der Maultrommel. Die Musik macht ihre Augen feucht und träumerisch. Oh, es tut gut, gut und brav zu sein, und ihre Güte tut dem Herzen bis ins Innerste wohl. Nehmt die Taschentücher heraus, ihr Burschen und Mädchen, hier werden süße Lieder gespielt und gesungen! Diesem Trio gehen die Melodien nie aus, und eine Pause gibt es nicht. Obwohl ihre Lieder manchmal etwas voneinander abweichen, ziehen sie nie andere Saiten auf. Das Trio blökt und blökt, aber sein Wolfsgeheul ist nicht immer zu übertönen. Ein waschechter Wolf kann sein Geheul eben nicht unterlassen.

Hier nun die Wiedergabe einiger »Weisen« von Laus und seinem Sprachrohr; sie stammen von dem Tonband, das Alvin Lunt aufgenommen hatte. Das Interview, bei dem Frau Fido als Übersetzerin und Chor für Dr. Laus fungierte, dauerte eineinhalb Stunden. Ich war wirklich überrascht: ich hatte nämlich gedacht, daß ihnen zumindest ein paar Wahrheiten entschlüpfen würden, aber was sie sagten, war alles pure Erfindung. (Vielleicht hätte Lunt eine richtige Antwort bekommen, wenn er nach der Tageszeit gefragt hätte.)
Dr. Laus: »Kuhner war häufiger Gast bei Cocktailparties der Gesellschaft. Ich habe ihn immer begrüßt.«
Ich war weder je zu irgendeinem gesellschaftlichen Ereignis eingeladen worden, noch hatte Laus mich bis zum 29. Juli 1976 (also nach der Veröffentlichung meines Artikels im *Index*) je gegrüßt oder mit mir gesprochen. Damals wurde ich, wie erwähnt, in die Gesellschaft gerufen, wo er mir plötzlich eine Einladung zu einer Lesung aussprach. Im Frühjahr 1975 waren englische und australische Kollegen zu einem Empfang in die Gesellschaft eingeladen worden. Als ich anrief und fragte, ob auch ich kommen könnte, lehnte Frau Fido ab. J. S., eine Autorin, rief später (ohne mein Wissen) an und fragte, ob ich eingeladen worden wäre, da ich ja Übersetzungen österreichischer Autoren in England und Australien veröffentlicht hatte. Frau Fido erklärte ihr, daß man mich nicht eingeladen hatte, da angenommen wurde, daß ich nicht daran interessiert wäre.
Dr. Laus: »Falsch. Absolut falsch!«
Frau Fido: »Er hat nie mit mir gesprochen. Ich kann mich auch nicht an einen Anruf von J. S. erinnern.«
Natürlich, ich bin der Autor mit der wilden Einbildungskraft.
Dr. Laus: »Er sitzt zu Hause mit seinen Phantasien.«
Lunt: »Hat man Kuhner nicht nach Australien entsandt, weil er kein Österreicher ist?«
Frau Fido: »Aber das ist er.«
Dr. Laus: »Wir haben das Geld nicht gehabt.«
Lunt: »Janie Baber sagte, daß Kuhner kein Österreicher ist.«

Frau Fido: »Das ist lächerlich. Baber setzt sich ein für jeden, der ein Emigrant ist. Sie hat sehr tiefe Gefühle in dieser Hinsicht.«
Brief von A. O., 22. Februar 1969:
»Lieber Harry, ich sende Dir Deine Texte zurück. Mit *Österreich in Wort und Geist* habe ich inzwischen gesprochen. Leider scheint bei Janie Baber die Tatsache, daß Du Amerikaner und nicht Österreicher bist, ein unübersteigbares Hindernis zu bedeuten: mein Hinweis, daß Du in Wien geboren und dort wohnhaft bist, kann da nichts ändern. Es tut mir leid, daß ich Dir kein geschickterer Anwalt sein konnte.«
Und schließlich:
Lunt: »Hat sich Ihre Beurteilung von Kuhners Arbeiten geändert, weil Sie für ihn eine Lesung veranstaltet haben?«
Dr. Laus: »Ich wollte, daß er zu Wort kommt. Ich möchte ihm zeigen, daß alle Türen offen sind, daß er unrecht hat.«
Lunt: »Wollten Sie ihn nicht besänftigen?«
Dr. Laus: »Ich wollte ihm helfen, nicht besänftigen.«
Frau Fido: »Um ihm eine Gelegenheit zu geben.«
Dr. Laus: »Die Lesung, die wir Kuhner gegeben haben, zeigt, daß wir nichts gegen ihn haben.«
Frau Fido: »Wir gaben ihm Tips.«
Dr. Laus: »Ich gab ihm Ratschläge und ich habe ihn an Felix Rolka empfohlen, an *Austria at Work and Play* als Übersetzer.«
Die Wahrheit ist: Ich hatte ohne Rat oder Empfehlung von Laus Übersetzungen bei dieser Zeitschrift untergebracht. Nachdem Felix Rolka, der Herausgeber, einige veröffentlicht und hochgelobt hatte, sprach er von der Absicht, meine Übersetzung der Handke-Erzählung, die von Smith plagiiert worden war, zu publizieren. Das wäre für mich natürlich eine großartige Bestätigung gewesen. A. O. wollte Rolka die Rechte nicht überlassen, doch Rolka war stur und kämpfte darum. In der folgenden Nummer wurde die Geschichte dann auch veröffentlicht — nur: mein Name fehlte. Ich rief Rolkas Assistentin an; die sagte mir, daß Rolka ihr aufgetragen habe, meinen Namen zu entfernen. (Sollte das mit der »Empfehlung« zusammenhängen?)
Nachdem Lunt seinen Artikel veröffentlicht hatte, gab es neue Bestürzung und Aktivitäten; das bürokratische Menuett begann — gelegentlich beschleunigte sich das Tempo so sehr, daß daraus ein hektischer Veitstanz wurde. Der folgende Brief ist ein typisches Beispiel für die Empörung, die mir damals entgegenschlug.

Herrn
Harry Kuhner

After having read the things Mr. Alvin Lunt wrote in »The Blue Danube Magazine« which can only be inspired by yourself, trying to discriminate me (though without giving my name) and several other honorable people in Vienna as Dr. Laus, and being informed that you even tried to see our Bundespräsident, probably telling the same stories in the same way without being able to prove them I want you to know that I am not willing to let you translate or publish any of my poetry or prose.

Janie Baber

Und dann begann das bürokratische Kesseltreiben. Was nun folgt, ist ein exemplarischer Fall von angewandter Demokratie im Staate Österreich. Ich erhielt einen Telephonanruf des österreichischen Außenamts; man forderte mich auf, am 7. Februar 1977 ins Büro des Generalsekretärs Dr. Anton Ritter zu kommen. Ein eleganter grauhaariger Mann mit weißem Schnurrbart begrüßte mich. Warum ich denn, statt zur Presse zu gehen, nicht zu ihm gekommen sei? fragte er mich in jovialem Ton. Ich antwortete ihm, daß ich ihn ja nicht gekannt hätte. So schlichen wir wie Katzen um den heißen Brei herum, bis wir zum Kernpunkt der Sache kamen — die Mitteilungen nach Adelaide. Ritter sagte mir, daß sie nicht vom Außenamt abgeschickt worden wären, er jedoch bereit sei, Kopien davon in Adelaide anzufordern; und er fügte hinzu, daß dies freilich einige Zeit dauern könne.
Am 15. März 1977 wurde ich neuerlich ins Außenamt geladen, und zwar in das Büro Dr. Gerald Waschlapps. Auch Dr. Markus Willing war anwesend. Nach anfänglichem Geplauder brachte ich die Rede auf den Bericht von Dr. Laus. Dr. Waschlapp machte sich erbötig, ihn zur Gänze vorzulesen, falls ich versprechen würde, alles für mich zu behalten. Ich sagte, daß ich den Inhalt gern hören würde, aber nicht unter dieser Bedingung. Als ich nach den Mitteilungen an Adelaide fragte, antwortete Waschlapp, daß diese nicht vom Außenamt abgeschickt worden sein könnten, da sich keine Kopien in dem betreffenden Akt des Ministeriums befänden. Daraufhin erwiderte ich, daß man den wahren Sachverhalt leicht feststellen könne, wenn man das Festivalkomitee in Adelaide kontaktierte, so wie es Dr. Ritter ja versprochen hatte. Dr. Waschlapp versicherte, daß er selbst auf die Mitteilungen neugierig sei und danach forschen würde, falls ich in der Zwischenzeit nichts unternähme. Ungern stimmte ich zu.
Mein nächster Besuch im Außenamt am 13. April 1977 erfolgte neuerlich auf Geheiß des Ministeriums. Bei diesem Treffen zeigte mir Dr. Willing

einen Brief des österreichischen Botschafters in Australien. Darin bestätigt der Botschafter, daß die fraglichen Nachrichten nicht von der Botschaft aus nach Adelaide gesandt worden waren, was der offizielle Weg gewesen wäre. Dr. Willing gab zu, daß dies eine Verletzung der Bestimmungen des Ministeriums gewesen sei. Als ich nach einer Antwort vom Veranstaltungskomitee fragte, teilte man mir mit, daß noch keine eingelangt sei.

Am 15. April 1977 rief ich Generalsekretär Ritter an und wies ihn darauf hin, daß noch immer keine Antwort aus Adelaide eingetroffen sei. Er antwortete:

»Ich weiß nichts und es interessiert mich nicht.«

Kuhner: »Sie interessieren sich nicht? Ich dachte, es wird nachgeforscht!«

Ritter: »Wir haben keinen Hausdedektiv.«

Kuhner: »Vielleicht brauchen Sie einen.«

Ritter: »Seien Sie vorsichtig!«

Kuhner: »Wenn Sie mir die Information nicht geben, werden sich Journalisten bei Ihnen melden.«

Ritter: »Drohen Sie mir nicht mit Journalisten!«

Hiermit endete das Gespräch. Dr. Ritter erwies sich am Telefon weniger jovial als während meines Treffens mit ihm.

Da ich erkannte, daß dieses Spiel mit dem Ministerium sinnlos war, beschloß ich, es zu beenden (aber leider — es endete nicht). Waschlapp und seine Kollegen hatten offensichtlich ihre Hände in den Schoß gelegt und auf Verzögerungstaktik gesetzt. Ich hatte genug von diesen Ausweichmanövern und beschloß, Waschlapp anzurufen, um ihn wissen zu lassen, daß ich unsere Abmachung als null und nichtig ansehe.

Dieses Telephongespräch erfolgte am 29. April 1977. Die Antwort auf die übliche Frage war das übliche »nein«. Dann fügte er hinzu: »Wir sind nicht verpflichtet, irgendetwas zu machen. Wir haben es Ihnen zuliebe getan. Wir sind über das Gesetz hinausgegangen *(Haupttreffer!)*. Ihre Behauptungen sind nicht fundiert. Die Briefe sind nicht vom Außenamt abgegeben.« *(Daneben!)*

Selbstverständlich hatte ich inzwischen mit meinen eigenen Ermittlungen begonnen. Ich hatte am 15. März 1977 an Iris Black geschrieben. In ihrer Antwort vom 4. Mai behauptete sie, daß die Informationen vom österreichischen Konsul in Adelaide übermittelt worden seien.

Ich versuchte, diese neuen Informationen zu veröffentlichen, und sicher hat das Außenamt Wind davon bekommen.

Am 26. Juli 1977 erhielt ich einen Anruf von Dr. Willing, der mich bat, am

nächsten Tag um 16 Uhr ins Außenamt zu kommen; ich erschien zur angegebenen Zeit. Diese Episode nenne ich *Tee* (und Kekse) *für Drei* (im Außenamt).
Dr. Waschlapp empfing mich an der Tür zu seinem Büro und bot mir einen Platz an dem rechteckigen, mittelgroßen Konferenztisch an — ich saß mit dem Rücken zu einer Wand. Zu meiner Linken stieß der Tisch ebenfalls an eine Wand, zu meiner Rechten, dicht neben mich, setzte sich Dr. Waschlapp. Dr. Willing nahm mir gegenüber, nahe der Tür, Platz. Ich war so plaziert worden, daß der einzige Weg zur Tür an Waschlapp vorbei oder unter dem Tisch hindurch führte, und um mich vorbeizulassen, hätte er aufstehen müssen. Es war sehr gemütlich. Die Gastfreundschaft war hervorragend. Eine Sekretärin kam mit einem Silbertablett, auf dem sich ein Teeservice, ein Teller mit Keksen und noch ein anderer — unsichtbarer — Gegenstand befanden.

Nachdem er Tee eingeschenkt hatte, holte Waschlapp die letzte Nummer von *Austria at Work and Play* hervor, die eine kleingedruckte Notiz enthielt, darin ich als Übersetzer der Handke-Übersetzung genannt wurde. Ich sagte Waschlapp, daß ich bereits ein Exemplar dieser Ausgabe besäße, und erwähnte auch, daß Dr. Laus behauptet hatte, er hätte mich dem Herausgeber empfohlen. Außerdem erzählte ich, ich wüßte von Rolkas Assistentin, daß jener ihr befohlen hatte, meinen Namen zu entfernen. Waschlapp konterte damit, daß Rolka gesagt hätte, diese Unterlassung wäre ein Versehen gewesen, und daß Rolka ein Ehrenmann sei. Was konnte ich da noch sagen. »Ehre« war ein Wort, mit dem an diesem Tag noch mehrmals ziemlich leichtfertig umgegangen werden sollte.
Nun fragte ich Waschlapp, ob er endlich eine Antwort aus Adelaide erhalten hätte — er verneinte. (»Natürlich haben Sie keine Antwort auf eine Frage erhalten, die gar nicht gestellt worden ist«, dachte ich, behielt es aber für mich.) Ich nahm eine Mappe aus meiner Aktentasche, legte sie auf den Tisch und schlug Iris Blacks Brief auf. Ich gab ihn Waschlapp, der ihn las und dann kopiert haben wollte. Ich sagte ihm, daß ich den Brief im Austausch gegen eine Kopie von Dr. Laus' Bericht kopieren lassen würde, aber diesen Tauschhandel lehnte er ab. Der Brief sei ein Beweis, daß Dr. Laus Kontakt mit dem Konsul aufgenommen hatte, da doch der Botschafter geschrieben hatte, daß keinerlei Nachrichten über die Botschaft geschickt worden wären, sagte ich — wie sonst hätten sie an den Konsul gelangen sollen? Doch Waschlapp erwiderte, daß der Konsul eigenmächtig gehandelt hätte. Nun zog ich eine Liste mit Zitaten aus anderen australischen Briefen hervor. Das scheine nicht sehr wahrscheinlich, wagte ich mich weiter vor, da der Konsul zuerst »begeistert« über meine Einladung

war, doch seine Begeisterung dann sehr rasch verflog. Als nächstes versuchte Waschlapp zu behaupten, daß Blacks Brief Fehlinformationen enthielte.

Ich kam auf den Bericht von Dr. Laus zurück und erwähnte, daß ich wüßte, daß er im Sommer 1975 geschrieben worden war. Am 29. Juli 1976 hatte Laus mich gebeten, ihm Proben meiner Arbeit zu geben, auf daß er sich damit vertraut machen und mich »beraten« könne. Ich sagte, daß Waschlapp mir den Bericht ruhig vorlesen könne, wenn er objektiv sei, gäbe es keinen Grund, ihn geheimzuhalten.

Denn endlich ließ Waschlapp die Katze aus dem Sack: ich sollte mich bei Dr. Laus schriftlich entschuldigen.

»Wofür soll ich mich entschuldigen?« fragte ich.

»Sie haben ungerechtfertigterweise einen Ehrenmann in englischen und österreichischen Zeitschriften angegriffen, und als Ehrenmann müssen Sie sich entschuldigen«, lautete die Antwort.

Es war unglaublich. Seitdem wir da saßen, war Waschlapp unfähig gewesen, auch nur eine einzige seiner Behauptungen belegen zu können. Ich hatte die Fakten und hatte meine Hausaufgaben gemacht — Waschlapp aber nicht. Ich hatte fast alle Karten in der Hand, nur eine fehlte — die Macht. Die hatte er.

»Sie meinen, seine Sekretärin bezeichnet mich, gegenüber einer Presseagentur, als Psychopathen, und ich muß mich bei ihm entschuldigen«, sagte ich.

»Frau Fido ist eine Sekretärin in der Gesellschaft für Kultur«, klärte mich Waschlapp auf, »Frau Lang ist seine Sekretärin im Ministerium. Wir sind nicht verantwortlich für das, was in der Gesellschaft geschieht.«

»Sie meinen, wenn er vom Ministerium in die Gesellschaft geht, die sich gleich ums Eck befindet, so sind Sie nicht verantwortlich für das, was er dort tut.«

»Wir sind nur für das verantwortlich, was er hier tut«, betonte Waschlapp.

Dann nahm ich einen Zeitungsartikel von Dr. Laus aus meiner Mappe und las: »Nun werden diese beiden Tätigkeiten einander ergänzen.« Die Tätigkeiten, von denen hier die Rede war, betrafen natürlich die beiden Büros im Außenamt und in der Kulturgesellschaft.

Dr. Waschlapp äußerte sich dazu nicht, wiederholte aber seine Forderung nach einer Entschuldigung meinerseits. Ich muß gestehen, daß ich so verblüfft war, daß es mir die Sprache verschlug. Waschlapp brach schließlich das Schweigen und behauptete, daß das Ministerium korrekt gehandelt hätte, indem es mich, so wie es verpflichtet sei, von meiner Einladung informiert habe.

»Was?« rief ich aus, »informiert?! Ein halbes Jahr, nachdem das Ministerium meine Einladung erhalten hatte, erfuhr ich es von den Australiern. Das Ministerium hat mich *niemals* informiert!«

Alles war total verkorkst. Waschlapp leitete die »Sitzung«, aber statt von mir Zugeständnisse zu erhalten, machte er selbst ständig welche. Willing machte den Mund nicht auf, saß nur da. Waschlapp allerdings gab nicht auf, er verlangte nochmals meine Entschuldigung. Ich konnte es nicht glauben. Was hatten sie nur vor? Das Ganze kam mir ungeheuerlich vor und ich fühlte mich äußerst unbehaglich.

Die »Bitte« wurde wiederholt. In Waschlapps Stimme lag ein flehender Ton und ein verschmitztes Lächeln spielte um seinen Mund. Er meinte wohl, daß es nur eine Frage der Zeit sei, bis ich seinen Wunsch erfüllen würde. Daher heuchelte er Sympathie und lobte meine Übersetzungen. Er habe leider meine eigenen Werke noch nicht gelesen, wolle dies aber auf jeden Fall nachholen. Es schien, als ob ich wieder einen Freund gefunden hätte. Ich solle nur seinem Rat folgen und unterschreiben.

Er erinnerte mich an einen Verkäufer in einem Ramschladen, der seine Ware anbringen muß. In meinen Collegetagen ging ich einmal in so ein Geschäft, weil ich einen Smoking brauchte. Ich wollte einen schwarzen, doch der Verkäufer hatte nur einen mitternachtsblauen. »Tony Martin trägt so einen«, erzählte er mir und zeigte auf das Etikett. Und tatsächlich war Tony Martins Autogramm darauf. Ich erwiderte ihm, daß ich einen Kauf in Betracht ziehen würde, falls es die Unterschrift von Fred Astaire wäre, denn ich sei überhaupt kein Fan von Tony Martin. Ich sehe noch heute den Verkäufer vor mir: Er war klein, rothaarig und pockennarbig. So fesch wie Waschlapp war er nicht. Er bat mich inständig, den Smoking zu kaufen, als ob sein Leben davon abhinge. Er legte die Hand aufs Herz und sagte: »Ich soll tot umfallen, wenn das keine gute Qualität ist. Sie werden eine Freude damit haben. Kaufen Sie ihn!«

Ich habe den Smoking nicht gekauft, und ich kaufte auch nicht Waschlapps »Ware«.

Unwillkürlich sah ich meinen Berater plötzlich in schwarzem Gewand vor mir — doch nicht in einem Smoking, sondern in Stiefeln, Reithose, Militärjacke und Mütze mit dem Totenkopfzeichen.

»Wenn Sie Manns genug sind, werden Sie sich bei Dr. Laus entschuldigen«, sagte er.

Ich erhob mich und erwiderte: »Ich werde mich nicht länger beleidigen lassen.«

Ich war zwischen Tisch und Wand eingekeilt und konnte kaum aufrecht stehen. Waschlapp saß neben mir, der einzige Weg hinaus führte an ihm vorbei. Doch er machte keinerlei Anstalten, sich zu erheben. Willing stand auf, er aber nicht. Ich versuchte daher, mich an ihm vorbeizuschieben. Nun mußte ich ihn entweder wegstoßen, oder er würde mich endlich vorbeilassen. Schließlich stand er auf und es gelang mir, an ihm vorbeizukommen. Willing war vor der Tür postiert, öffnete sie aber nicht. Ich griff nach der Klinke und öffnete die Tür, die zu dem Büro der Sekretärinnen führte. Ich hatte es eilig, den Ort zu verlassen.

ZUSAMMENFASSUNG

Ich wurde ins Außenamt
zu Tee und Keksen eingeladen —
und sollte dafür unterschreiben.
Der Tee war lauwarm,
die Kekse waren hart
und die Rechnung blieb offen.

Am 19. September 1977 besuchte ich eine PLUME-Club-Lesung, bei der auch Dr. Waschlapp anwesend war. Nach dem Ende der Lesung, als ich den Saal verlassen wollte, stand er vor der Tür und streckte mir die Hand entgegen. Ich ergriff sie aber nicht und versuchte, an ihm vorbeizugelangen. Er bestand jedoch darauf, mit mir zu sprechen. Hier ein Auszug des Gesprächs:
Dr. Waschlapp: »Ich habe nichts gegen Sie.«
Kuhner: »Sie machen, was man Ihnen sagt.«
Dr. Waschlapp: »Ich bin Beamter.«
Kuhner: »Und wenn man Ihnen sagt, Sie sollten jemanden umbringen?...«
Dr. Waschlapp: »*Das* würde ich nicht machen.«
Indem er mir von seinem angeblichen Mangel an Feindseligkeit erzählte, wollte er andeuten, daß ich ein armer Narr sei, der netten Leuten wie ihm diesen Charakterzug andichtete. Was er aber in Wahrheit von sich gab, war die Rechtfertigung eines Handlangers. Die Profis sind käuflich und erledigen ihre Arbeit ohne persönliche Gefühle.

(Ich gebrauche das Wort »angeblich«, da Waschlapp am Anfang vielleicht gleichgültig war; ich bezweifle, daß ich ihm durch meine mangelhafte Zusammenarbeit sympathischer geworden bin.)

MEIN BERATER

Mein Berater
ein netter freundlicher Mann
servierte Tee und Kekse
sagte daß er meine Arbeit bewundere
versicherte mir
daß er mein Bestes wolle
daß er nicht Befehle von oben befolge
nur seinem Gewissen gehorche
und mich auf meine Fehler
aufmerksam machen müsse
man bräuchte nur eine Unterschrift
und ich könne das Zimmer
leichten Schrittes verlassen
mit der Gewißheit
daß ich am besten gehandelt habe
für mich
und für alle Beteiligten
weil ich einen Ehrenmann beleidigt hätte
ich bekleckerte seine Weste mit Tinte
und müsse nun die Flecken wegputzen
ich brauche nur
eine Unterschrift zu leisten.

Wie konnte ich es erklären?
Es war alles ein Irrtum.
Ich wollte gar keinen Tee.
Ich trinke nur Kaffee.

(Tête-à-tête im österreichischen Außenamt, 27. Juli 1977)

Was war Waschlapp eigentlich? Ein perfekter Roboter, unbelastet von jeglichem Gewissen, auf Erfolg programmiert. Seine Sorte paßt in jedes System und kann sich in jeder Situation eine Karriere aufbauen. Ich war lediglich ein unbedeutender Störenfried, den man zertreten konnte.
Und so sollte der »Vertrag« durchgeführt werden: Der Handlanger sollte mich davon überzeugen, daß ich einem Ehrenmann gegenüber unehrenhaft gehandelt hatte. Ich sollte nicht erschossen werden, sondern ich durfte die symbolische Pistole auf dem Silbertablett selbst in die Hand neh-

men. Als Ehrenmann hätte ich die Waffe gegen meine Schläfe zu halten und abzudrücken. Falls ich zögerte, würden Waschlapps Charme und Überzeugungskünste eingesetzt. Diesen Eigenschaften konnte ich sicher nicht widerstehen.
Ein genialer Plan, aber schlampig ausgeführt! Ich bezweifle, ob seine Vorgesetzten mit ihm zufrieden waren, aber er hatte seinen guten Willen gezeigt und würde sich in Zukunft als nützlich erweisen.
Natürlich hatte Ritter ihm aufgetragen, mich nicht wegzulassen, ehe ich unterschrieben hätte. Wenn ich erst einmal im Außenamt war, würde ich auch unterschreiben — so hatten sie gedacht. Würde ich ihnen gefällig sein, wäre ich für immer kompromittiert — und alles, was ich künftig gegen sie sagen oder schreiben würde, hätte kein Gewicht. Ginge ich aber ohne zu unterschreiben, so könnte die Geschichte erzählt — und geglaubt werden.

ÄUSSERUNGEN VON DR. WASCHLAPP, REGIERUNGSBEAMTER

»Weiß ist schwarz;
schwarz ist weiß.

Rund ist eckig;
eckig ist rund.

Die Sonne ist der Mond;
der Mond ist die Sonne.

Konvex ist konkav;
konkav ist konvex.

Plus ist minus;
minus ist plus.«

Ergo:
Ein Waschlapp
ist kein Waschlappen.

Unterschreiben Sie, dann sind Sie einer von uns! Das hatten die »Ehrenmänner« damit wohl angedeutet. Machen Sie mit uns gemeinsame Sache,

dann werden wir etwas für Sie tun!
Ich bezweifelte, daß mehr als ein paar Brotkrumen oder ein leerer Papierteller für mich dabei herausschauen würden — und ich wußte, daß meine Unterschrift mein Todesurteil wäre. Ich fühlte mich ziemlich unbehaglich. Wären wir aneinander geraten, hätte ich in der Psychiatrie landen können. Geh nie wieder dorthin, rieten mir danach meine Freunde.
Wenn sie dich kriegen wollen, dann kriegen sie dich auch. Zum Beispiel kann dir jemand ein Päckchen Rauschgift in die Hosentaschen stecken, wenn du ins Ausland fliegst, und dann wirst du von den Zollbeamten durchsucht!...
Ich versuchte, die Unterlagen über meinen »Besuch« im Außenamt und den darauf folgenden Anruf irgendwo zu publizieren, leider ohne Erfolg; kurz darauf aber flog ich nach New York. So wurde die ganze Sache ein Jahr lang unterbrochen. Als ich nach Wien zurückkehrte, mußte ich wieder dort beginnen, wo ich ein Jahr zuvor aufgehört hatte.

Die Reise, die ich unternahm, war eine von Lenny Blank organisierte Lesetournee durch die Vereinigten Staaten. Ich hatte Lenny anläßlich des Internationalen Struga-Dichtertreffens (Jugoslawien) im Sommer 1976 kennengelernt. Es war ein Jahr ohne Katastrophen. Kein Autor wurde von einem gedopten Pferd zertrampelt, keine Autobusse stießen frontal zusammen, kein Boot versank im Ohridsee und kein Dichter radelte nach Albanien. Dennoch sollte das Treffen katastrophale Folgen für mich haben: denn ich lernte Lenny kennen. Sie wissen nicht, wer Lenny ist? Er ist der König der Kleinverleger. Haben Sie nichts von der *Fly-By-Night Press* und der *Flim-Flam Review* gehört? Lenny ist Experte darin, aus nichts etwas herauszuholen und sich anschließend aus der Affäre zu ziehen. Anfangs ist er dein bester Freund und am Ende dein ärgster Feind. In Struga hatte Lenny versucht, die Mazedonier unter den Tisch zu trinken. Er mußte erst gar nicht beweisen, daß er verrückter als sie war — alles war von Haus aus klar.
Lenny war ein Macher, ein Manager, dessen Geschäft die Literatur war — und bekannterweise ist das ein phantastisches Geschäft. Er pflegte den Arm um jeden potentiellen Mitarbeiter — das heißt: um das Opfer — zu legen und begann, von einer geplanten Anthologie zu reden. Ich konnte dieses Wort schließlich nicht mehr hören. Trotzdem ließ ich mich von Lenny zu einer Lesetournee verlocken; er versprach mir Unterkunft, Verpflegung und die Welt. Leider war ich einverstanden. Denn ich wollte die Möglichkeit, zurück in die Staaten zu reisen, nicht ungenutzt lassen.
Meine Reiseroute wurde erst fünf Minuten nach meiner Ankunft in New

York organisiert. Sie bestand aus Gratislesungen in Manhattan und Long Island. Als wir beim Haus der Blanks auf Long Island ankamen, stellte ich fest, daß holländische Autoren es besetzt hatten. Ein Saufgelage war im Gange; durch den Jetflug und die Zeitverschiebung war ich so ermüdet, daß ich daran nicht teilnehmen konnte. Blank jedoch machte sofort mit. Er begann wild auf dem Klavier zu klimpern und sich mit lauter Stimme zu begleiten. Nach einiger Zeit wechselte er das Instrument: er spielte mit Eßlöffeln, während er einen Steptanz vorführte. Die holländischen Autoren aber tobten sich weiter aus und begannen auch, sich an seine Frau heranzumachen. Lenny versuchte ein Ablenkungsmanöver mit Tellerjonglieren und dem Balancieren eines Gummiballs auf seiner Nasenspitze. Jetzt war es mir endgültig zu viel und zu laut, und ich sagte Lenny, daß ich mich hinlegen wolle. Lenny gestand mir, daß es ein kleines Problem gab. Alle Betten waren nämlich belegt. Aber, erfinderisch wie er war, schlug er mir vor, auf dem Flachdach seines Hauses zu schlafen. »Mach dir keine Sorgen«, sagte er, »ich habe ein Feldbett. Es ist eine schöne Nacht und du wirst unter den Sternen schlafen.«
Er arrangierte also ein Schlafzimmer im Freien, und ich legte mich nieder. Als ich dalag, umwölkten sich allmählich die Sterne und der Mond. Dann setzte ein Wolkenbruch ein. Lenny, ein perfekter Gastgeber, erschien auf dem Dach mit einem Camping-Zelt. Er berichtete, daß die Holländer nun seine Möbel zertrümmerten und seine Frau arg bedrängten. Nachdem er das Zelt über das Feldbett aufgespannt hatte, mußte er wieder zu den wüsten Gesellen hinabsteigen. Mein nobles Angebot, ihn zu begleiten, lehnte er glücklicherweise ab: »Du hast einen anstrengenden Flug hinter dir und brauchst Ruhe. Ich werde schon allein damit fertig.«
Bevor ich endlich einschlief, dachte ich noch, daß das Dach wenigstens nicht auf mich fallen würde, da ich ja auf ihm lag, aber es könnte sehr wohl unter mir zusammenstürzen. Später ist dies, symbolisch gesprochen, dann auch passiert. Nach dem Auszug der holländischen Autoren war ich zwar vor Naturgewalten sicher, nicht aber vor den Elementen des Blankschen Haushalts. Blank, der Verleger, und Blank, der Familienvater, waren nicht voneinander zu trennen. Frau Blanks Stimme war noch schriller als die ihres Gatten und wurde gegen die Kinder eingesetzt, die im übrigen genau so waren wie der Alte. Kurz, es war wie in einem Narrenhaus, und hinter jeder Ecke lauerten Katastrophen.
Ich wußte, daß ich mein Quartier rasch wechseln mußte, wollte ich meinen Verstand bewahren; also beschloß ich, ins YMCA nach Manhattan zu ziehen. Bevor ich dort ankam, hatte ich das Glück, einem Engel aus Fort Lee, New Jersey, zu begegnen. Als ich die George Washington Bridge mit einem Koffer Richtung Fort Lee überquerte, ließ ich Long

Island und Lenny hinter mir zurück. Was Lenny betraf, leider nicht in jeder Beziehung. Die Zusammenarbeit mit ihm ging nämlich weiter, und zwar auf dieselbe Weise, wie sie begonnen hatte: chaotisch und ruinös. Lenny hatte mir angeboten, meine gesamten Werke zu veröffentlichen, doch ich sagte ihm, daß die Lyrikbände von zwei österreichischen Autoren, deren Druckkosten bezahlt worden waren, genügen würden. Er wurde nur mit einem Band halb fertig. Selbstverständlich ist *Unter der Glasur*, die Anthologie österreichischer Lyrik, die ich für ihn übersetzt hatte, von ihm nie veröffentlicht worden. In dieser Sammlung hatte ich Gedichte zusammengetragen, die zeigten, daß die berühmte Sachertorte vielleicht doch nicht so gut schmeckt, wie sie aussieht. Aber meine Bemühungen waren nicht ganz umsonst; denn die Anthologie ist inzwischen anderswo erschienen. Im Zuge seiner zweifelhaften Geschäfte nahm Lenny, unter anderem, mit österreichischen Diplomaten Kontakt auf. Eine Dame, die mit Laus in engerem Kontakt stand, bot Lenny Zusammenarbeit und Unterstützung an, falls er den Kontakt mit mir abbräche. Das wäre für mich ein Segen — oder besser gesagt, bloß ein scheinbares Unglück gewesen. Wäre er ihrem Vorschlag gefolgt, so hätte er *mir* einen Gefallen getan, aber den Österreichern bestimmt nicht.

Nach einiger Zeit passierte sowieso das Unvermeidliche. Die besten Freunde wurden zu den ärgsten Feinden. Über solche »Geschäftsverbindungen« schrieb mir Mike:

»Im Laufe Deiner literarischen Abenteuer hast Du Dich mit furchtbaren Leuten eingelassen — teils aus Gutmütigkeit und Naivität, teils, weil Du glaubst, alle Möglichkeiten, die sich Dir bieten, ergreifen zu müssen. Blank hättest Du besser aus dem Weg gehen sollen, und Du hast mir öfters von anderen Verbindungen erzählt, die sogar ärger waren.«

Und Mike fuhr Fort:

»Du scheinst an einem Punkt angelangt zu sein, an dem Du endlich begreifst, daß Dich Dein langer Kampf in die Irre geführt hat. Du bist ein würdiges Mitglied eines edlen Berufsstandes — Romancier, Lyriker, Dramatiker, Übersetzer — und Du hast Dich nie mit Schund befaßt. Du bist nicht zum Star geeignet, weil Du kein Clown, kein Schmierenkomödiant bist und Dich nicht in Szene setzen kannst. Die Tatsache, daß einige gute Autoren in der Öffentlichkeit bekannt sind, ist ein Zufall, denn die meisten bekannten Autoren sind geistreich-stupide Leute.«

Ich nehme das Lob bescheiden an. Tatsächlich hat mich Mike in einer sehr netten Art zur Anonymität verdammt. Ich kann nur hoffen, daß er sich geirrt hat.

Hier sind Beispiele von Leuten, mit denen ich mich eingelassen hatte. Ich habe Lyrikbände der folgenden österreichischen Autoren übersetzt: *A*, *B* und *C*. Alle drei waren in der Öffentlichkeit nicht gerade bekannt. A war ein Unterlegener im wahrsten Sinne des Wortes. Als ich ihn kennenlernte, war er gerade im Begriff, sich von seiner Freundin zu trennen, die ihn ständig mit anderen Autoren aus ihrer Bekanntschaft verglich, die weniger Talent hatten, aber mehr Anerkennung genossen. Und sie verglich ihn mit jenen auch in anderer Hinsicht. Zur Zeit befand sich *A* in psychiatrischer Behandlung und hatte eine Beule auf der Stirn, da er einmal vergessen hatte, die Glastür der Klinik zu öffnen, als er zum Nervenarzt eilte. Er besaß damals keinen Wintermantel und hatte noch kein Buch veröffentlicht. Ich gab ihm einen alten Wintermantel, der mir in den Schultern zu eng geworden war, und übersetzte seinen Lyrik-Zyklus über den Holocaust. Der Gedichtband brachte ihm Anerkennung und verhalf ihm zu einer Karriere als Kulturfunktionär. Dann folgten Bücher von *B* und *C*.
Als *A* und *B* zum Struga-Dichtertreffen eingeladen wurden, intrigierte *A* gegen *B* und veranlaßte, daß sie vom Leseprogramm gestrichen wurde. *B* hatte einmal gesagt, daß *A* überall dabei sein müsse; er hatte damals die Bemerkung gehört und übte jetzt Rache. *A* vollbrachte diesen Schachzug, indem er den Mazedoniern Veröffentlichungsmöglichkeiten in Österreich versprach. Er schrieb spontan ein Gedicht über die Meinungsfreiheit und ergriff die Gelegenheit, es in Struga vorzulesen. Anscheinend hatte ihn sein Vorgehen gegen *B* dazu inspiriert. Als *C* meinen Lyrikband *Broadsides and Pratfalls* für den österreichischen Rundfunk rezensierte, meinte ein Kollege, dessen Prosa ich in meiner Redakteurszeit veröffentlicht hatte, daß es »unklug« sei, ein Buch von mir zu besprechen.
(Ich habe meine Zeit als Redakteur literarischer Zeitschriften in Österreich hier ausgelassen, da ich nicht zu weitschweifig werden wollte. Diese Periode bestand hauptsächlich aus Zank und der Autoren-Jagd nach Macht und Prestige. Ich will jedoch mein kurzes Intermezzo als Mitherausgeber der von *C* geleiteten Literaturzeitschrift erwähnen. *C* verschaffte mir die Position, damit ich Verbindungen ins Ausland herstellen möge. Während ich in den Vereinigten Staaten war und bei dieser Gelegenheit auch einen Verleger für sein Buch suchte, setzte er mich — noch vor Erscheinen der ersten Nummer — als Redakteur ab, ohne mich davon in Kenntnis zu setzen. Außerdem veröffentlichte er einen Artikel, in dem er sich der Verbindungen rühmte, die ich geknüpft hatte.) *C* hat den Rat des Kollegen, nicht »unklug« zu sein, nur zum Teil befolgt; er rezensierte *A's* zweisprachigen Gedichtband, doch er vergaß, den Namen des Übersetzers zu nennen. *A* war so freundlich, mir eine Kopie der Besprechung mit herzlichen Grüßen zu senden. Als ich von *C* Aufklärung verlangte, teilte

er mir mit: »Ich habe die Gedichte von *A* rezensiert, und nicht Deine Übersetzung!« Als später *C's* Buch veröffentlicht wurde, war der Name des Übersetzers, wie üblich, vom Umschlag verschwunden. *A* hat sich später als Berater für meine *Memoiren* ins Spiel gebracht. Er riet einem Verleger von einer Veröffentlichung ab, ohne das Manuskript zu kennen. Als der Verleger fragte, ob seine Ablehnung aus literarischen oder persönlichen Gründen erfolgte, antwortete er: »Aus literarischen.«

A hatte in der Klasse der ignorierten Autoren begonnen und stieg in die Klasse der Geförderten auf, indem er unser Buch als Sprungbrett benützte. Er nahm dabei darauf Bedacht, daß ich nicht mit ihm aufstieg. *B* verharrte in der Klasse der Ignorierten und *C* behielt seinen Platz in der Klasse der Tolerierten. Der Übersetzer aber blieb in der Klasse der Geächteten.

Das Spiel heißt: »Verschweigen wir den Namen des Übersetzers«, und alle drei Autoren haben dabei mitgespielt. Mein Name muß sehr gut schmecken, da er so oft verschluckt wird.

Wenn der Leser zu dem Schluß kommt, daß ich nur das bekam, was mir gebührte, weil ich so dumm war, österreichische Autoren der »unteren« Klassen zu übersetzen und zu veröffentlichen, so kann ich dem nur zustimmen. Unterlegene haben spitze Zähne und sind oft vermummte Wölfe. Nachdem man sie gefüttert hat, schnappen sie nach einem.

Mein Aufenthalt in Amerika bewirkte mehr oder weniger eine Unterbrechung in der Affäre Laus. Mit Blank zu arbeiten, war wie vom Feuer in die Bratpfanne zu geraten. Allerdings war die Bratpfanne genau so heiß wie das Feuer. Als ich aus den USA zurückkehrte, hatte ich das Gefühl, daß die Unterbrechung nur von kurzer Dauer gewesen war. Etwas mußte geschehen, und es geschah tatsächlich.

Bei einer Wiener Buchwoche 1978 traf ich *C*. Beiläufig erklärte er mir, einen Brief von einem jugoslawischen Kollegen erhalten zu haben, der ihm von jeglichem Kontakt mit mir abriet, da ich ein ausländischer Agent sei. Auf mein Drängen hin zeigte mir *C* das Schreiben und erlaubte mir, es zu kopieren.

Wieder hatte ein Handlanger getan, was man ihm aufgetragen hatte. Es verbreitete sich das Gerücht, daß ich etwas Lukrativeres ausübe als Schreiben und Übersetzen. Jetzt sollten auch meine Möglichkeiten im östlichen Ausland begrenzt werden. Man wollte verhindern, daß ich in Zukunft nach Struga oder zu anderen literarischen Veranstaltungen eingeladen würde.

(Ich zweifle, daß es in der Welt der Huren und Zuhälter weniger moralisch zugeht als in der Welt der Literaten und Manager — jedenfalls kann sie nicht ekelerregender sein.)

Meine Mutter machte mir klar, daß ich jetzt einen Anwalt brauchte; sie selbst fragte Dr. Richard Starr, einen der Staranwälte Wiens, ob er meinen Fall übernehmen wolle.
Ich hatte lange versucht, den Amtsschimmel zu zähmen und einen mühsamen Marsch durch einen Sumpf hinter mir. Ich war in ein Netz von Intrigen verstrickt, aus dem ich mich sehr schwer befreien konnte. Was hätte ich tun sollen? Ich hörte auf, mich zu sträuben und täuschte Schweigen vor. Ich sage ausdrücklich vortäuschen, da ich wußte, daß ich bei nächster Gelegenheit wieder versuchen würde weiterzumachen. Dank meiner scheinbaren Untätigkeit konnte ich mich davonschleichen. Nun bin ich zurückgekommen. Ich will den Leser an der Hand nehmen und ihn auf Abkürzungen durch den Sumpf hindurchführen.
Man kann die Tatsachen nicht parodieren, da die Tatsachen selbst schon eine Parodie sind. Als die Anthologien in Vorbereitung waren, blieb ich still im Hintergrund und verhielt mich unauffällig, aber diese Zeit ist vorbei. Jetzt wird die juristische Travestie, die ich erlebt habe, dargestellt.
Nachdem ich Dr. Starr meine Dokumentation übergeben hatte, willigte er ein, meinen Fall zu übernehmen. Wir waren beide der Meinung, daß man zuallererst den Zugang zu dem Akt erreichen mußte. Gemäß Bundesgesetz 389 vom 11. Juli 1973, Abschnitt II, § 4, Absatz 3, hatte ich das Recht, in den Akt Einsicht zu nehmen.
Dr. Starr rief Waschlapps Amt einige Male an, ehe er ihn endlich erreichte. Waschlapp war entweder immer gerade bei Tisch oder bei einer Sitzung. Als Starr das Ersuchen vorbrachte, zögerte Waschlapp zuerst, erteilte Starr aber dann doch die Bewilligung, in den Akt Einblick zu nehmen — mir jedoch bewilligte er dies nicht.
Ich war ziemlich enttäuscht: Ich hatte mich schon darauf gefreut, in Starrs Gegenwart mit Waschlapp Tee und Kekse zu verzehren. Aber mein Freund und Berater wollte mich anscheinend nicht empfangen. Er empfing auch Starr nicht.
Am 9. November 1978 ging Starr ins Außenamt. Dr. Willing händigte ihm den Akt aus, wobei er ihm mitteilte, daß einige Artikel daraus entfernt worden seien. Dennoch sah sich Dr. Starr die Akte durch. Er berichtete mir, daß die Österreichische Botschaft in Canberra meine Einladung am 21. März 1975 durch das Außenamt weitergeleitet hatte. Die Akte ging dann mit Dr. Kollers positivem Bericht an Dr. Laus. Am 11. Juli 1975 schrieb Dr. Laus:
»Herr Kuhner ist ein überaus schwacher Autor, von dem man kaum annehmen kann, daß er Österreich in gutem Sinne vertreten wird. Es ist aufschlußreich, daß Herr Kuhner bisher noch kein Buch in deutscher Sprache veröffentlicht hat. Lediglich Beiträge in Anthologien und Zeitschrif-

ten sind von ihm erschienen. Von einer Unterstützung seiner Reise nach Australien ist daher abzuraten.«
Dr. Starr schrieb Dr. Laus und erbat Auskunft über den Bericht. Die Antwort von Dr. Laus kam am 4. Juli 1979 und enthielt die folgende Aussage: »Gerne sage ich Ihnen, daß ich die Verdienste Ihres Mandanten, Herrn Kuhner, als Lyriker und vor allem als Übersetzer österreichischer Lyrik ins Englische durchaus schätze.«
Es könnte sehr wohl sein, daß der eminente Kritiker und Moralist stets meint, was er sagt. Doch ich vermute, daß er stets diejenige Meinung vertritt, die gerade opportun ist. (Vielleicht sollte er bei der nächsten Bundespräsidentenwahl kandidieren.)
Obwohl meine *Vier Einakter* bereits 1973 in deutscher Sprache erschienen sind — zwei Jahre vor dem Bericht von Dr. Laus —, habe ich bis zum jetzigen Zeitpunkt noch kein anderes Buch in deutscher Sprache veröffentlicht. Da in Österreich alle literarischen Bücher subventioniert werden und ich nicht einmal *Austrian Poetry Today* finanziell abzudecken vermochte, konnte ich nicht erwarten, daß man ein Buch von mir subventionieren würde. Ich fand die Tür niemals offen — und wann immer es mir gelang, sie einen Spalt zu öffnen, so wurde sie prompt wieder zugeschlagen. Wäre dies nicht der Fall gewesen, so hätte ich diesen Bericht nicht schreiben können. A propos Anthologie: Ich mußte für die vom Staat geförderten Autoren als Mäzen agieren. Im Gegensatz zu meinen »Günstlingen« stand der Apparat nicht hinter mir, sondern mir im Weg. (Ist es nicht eine Ironie des Lebens, daß gerade der Mann, der vor allen anderen verhinderte, daß ich in Österreich veröffentlichen konnte, mir jetzt das Nichtveröffentlichen vorhielt?!) Dennoch war es wichtig, meine Anthologien österreichischer Lyrik herausgebracht zu haben; sie sind die Berechtigung für meine *Memoiren.*
Zurück zum Bericht von Dr. Laus. Daß er nicht mit den anderen Artikeln entfernt wurde, kann nur auf Waschlapps Nachlässigkeit zurückzuführen sein. Da Willing Starr über die Entfernung gewisser Artikel informiert hatte, nahmen wir an, daß Archivare es nicht wagen würden, den Akt zu frisieren. Ich war davon überzeugt, daß es zwischen dem Akt und dem verleumderischen Brief an *C* eine Verbindung gab. Ich würde keine Mühe scheuen, an den vollständigen Akt heranzukommen — und nach Erreichen meines Zieles die »Ehrenmänner« nach Strich und Faden verklagen.
Dr. Starr verfolgte die Angelegenheit mit Nachdruck, aber die entfernten Artikel wurden uns vorenthalten. Ich stellte am 17. Jänner ein formelles Ansuchen, um Zugang zum Akt zu erlangen. Der abschlägige Bescheid datiert vom 30. März 1979 und ist von meinem alten »Freund und Bera-

ter« unterschrieben. Dr. Starr traute seinen Augen nicht, als er ihn las. So ein absurdes und blödes Schriftstück hatte er in seiner langen Praxis noch nicht gesehen. Es bewies immerhin, daß meine Gegner unruhig und unsicher waren. Jetzt mußte man sie noch mehr bedrängen.

Dr. Starr riet mir, auf Verleumdung zu klagen. Der Bericht als solcher bildete eine fragwürdige Basis, aber die Erklärungen von Dr. Laus und Frau Fido über meinen Geisteszustand waren klar und leicht beweisbar. Der Zweck der Klage war jedoch, das Gericht zu veranlassen, den Akt zu bestellen und zu öffnen.

Am 2. Juli 1979 reichte ich die Klage ein. Das Gericht gab mir am 31. Juli 1979 den Bescheid, daß die Klage nicht angenommen worden sei. Dr. Starr nannte dies »eine Sauerei«. Die Absage war ein Präzedenzfall und ist sicherlich auf Intervention von höherer Stelle hin erfolgt.

Während dieser Ereignisse lag meine Mutter im Sterben; sie hatte Krebs. Das alles noch miterleben zu müssen, erleichterte ihren Zustand nicht. Es war für sie wie 40 Jahre zuvor: »dasselbe noch einmal«. Und das werde ich nie vergessen oder vergeben.

Meine Mutter hat unter dem Namen Lisa Berling gesungen. Am 30. November 1924 hat sie das erste Livekonzert im Österreichischen Rundfunk gegeben. Meine Mutter sah zart aus, aber sie war zäh. Sie war auch 1938 und in den folgenden Jahren zäh — und auch bevor sie starb. »Gib nicht nach«, sagte sie mir. »Du hast sie in der Hand.« Meine Mutter starb am 18. September 1979.

Als sie starb, erinnerte ich mich an unseren Besuch in unserem alten Haus; in dem Haus, das glückliche Tage gesehen hat — und Tage, die man nicht beschreiben kann. An einem Sonntag waren wir in den 2. Bezirk spazieren gegangen. Im Prater, bei der Wieselburger Bierinsel, tranken wir eiskaltes Bier und begaben uns dann zu unserem alten Haus, Rueppgasse 16. Da waren wir nun, 31 Jahre später. Wir standen vor dem Haus und gingen nicht hinein. Am Eingang war eine Sprechanlage; wir hätten einen der Bewohner bitten müssen, das Tor zu öffnen. Vielleicht ist es besser, daß wir nicht in den 1. Stock hinaufgegangen sind, den einst meine Großmutter und meine Mutter bewohnt hatten; daß wir nicht diese Stiege hinaufgegangen sind, auf der wir zuletzt im Juni 1939 hinuntergegangen sind. Und später die anderen, die man zwang, über diese Stufen zum letzten Mal hinunterzugehen — meine Tante Helena, Onkel Fritz und Onkel Heinrich.

Warum bin ich mit meiner Mutter zu dem Haus in der Rueppgasse gegangen? Konnte ich die Vergangenheit nicht ruhen lassen?

Am 11. Oktober 1979 legte ich Berufung ein und ersuchte das Gericht nochmals, den Akt anzufordern und zu prüfen, bevor man den Fall ablehne. Das Gericht lehnte meine Berufung am 22. Oktober 1979 ab.
»Laß die Hände davon!« sagten meine Hiobs-»Ratgeber«. Das passiert, wenn man versucht, einen Beamten zu klagen!« Es klang mehr nach »Geschieht Dir recht!«
Man nannte mich unentwegt Don Quichotte oder Michael Kohlhaas. Und natürlich wurde ich für meine Torheit bestraft. Wer war ich denn, daß ich glaubte, gegen Staatsbeamte mit dem Gesetz vorgehen zu können? Sie waren in einer Position, in der sie das Gesetz so drehen konnten, wie sie es brauchten — wußte ich das denn nicht?
Als nächsten Schritt nahm ich Verbindung mit einem der sogenannten Volksanwälte auf. Es gibt drei von diesen in Österreich: einen Sozialisten, einen Konservativen und einen Freiheitlichen. Ich wählte den Konservativen, Dr. Kauer, aus, einen freundlichen, korpulenten Mann mit einem strahlenden Buddhagesicht. Er hörte mir aufmerksam zu und versicherte mir, der Sache nachgehen zu wollen. Dann ersuchte er mich, ihm meine Unterlagen zu überlassen.
Am 8. Jänner 1980 erhielt ich seine Antwort, zusammen mit meinen Unterlagen. Es gab keinen Hinweis darauf, daß er den Akt geprüft hatte. Warum auch hätte er sich die Mühe nehmen sollen? Warum hätte er auf die kleinen Mißstände der Regierungspartei hinweisen sollen? Gleich und gleich gesellt sich gern, heißt es. Es ist doch viel einfacher, einen schon vorhandenen Bescheid abzuschreiben und die Unterlagen des Klienten weiterzuleiten.
Ich wußte, daß hier ein falsches Spiel gespielt wurde. Sollte ich darüber erstaunt sein, *wie* falsch es war? War ich nicht verhört worden? Hatten sie nicht versucht, mir eine Unterschrift zu entlocken? Ist meine Klage nicht blockiert worden? Was konnte man von solchen Spielern erwarten — Ehrlichkeit?
Totalitäre Staatsführer könnten von meiner Geschichte lernen: Dieser Bericht kann als Handbuch dienen. Man muß die Demokratie nicht fürchten. Man braucht kein totalitäres System, um Menschen zu unterdrücken. Das kann man auch in einem demokratischen System tun — man muß nur wissen, wie man die Demokratie zu mißbrauchen hat.
Dr. Starr hatte mir geraten, Dr. Waschlapp jetzt mit einem offenen Brief zu einer Klage herauszufordern. Falls dies nicht gelingen sollte, könnte ich versuchen, mich wieder an die Presse zu wenden.

Offener Brief
an Herrn Legationsrat Dr. Gerald Waschlapp
Österreichisches Außenamt
Ballsaalplatz 1
A-1010 Wien

Herr Legationsrat Dr. Waschlapp!

Am 26. Juli 1977 rief mich Herr Dr. Willing vom Außenamt an und bestellte mich für den nächsten Tag um 16 Uhr ins Außenamt. Dieser Besuch am 27. Juli entpuppte sich als regelrechtes *Verhör*, das wohl über zwei Stunden dauerte. In Gegenwart von Herrn Dr. Willing beleidigten Sie mich und versuchten mich einzuschüchtern. Ich sollte eine schriftliche Entschuldigung an Herrn Dr. Wolfram Laus, Leiter der Kulturstelle im Außenamt, abgeben.
Anlaß für dieses Verhör war die Tatsache, daß ich in Zeitschriften in London und Wien festgestellt hatte, Herr Dr. Laus habe versucht, meine Teilnahme am *Adelaide-Festival* zu verhindern. Ich sollte mich dafür selbst diskreditieren und eine »Entschuldigung« (Synonyme: Selbstkritik, Geständnis) unterzeichnen.
Faktum ist, daß das Außenamt mich nicht über meine Einladung informiert hat. Sie selbst gaben zu, daß das Ministerium verpflichtet gewesen wäre, mich darüber zu informieren. Stattdessen verfaßte Herr Dr. Laus einen verleumderischen Bericht über mich, und verleumderische Mitteilungen sind an das *Adelaide-Festival*-Komitee abgesandt worden. Diese Unterlagen sind alle im Akt Nr. 1559-8/75 zu finden.
Sie teilten mir mit, Sie hätten eine Untersuchung eingeleitet. Diese habe ergeben, daß keine Kopien amtlicher Mitteilungen nach Australien im Akt zu finden seien. Am 13. April 1977 sagte mir Herr Dr. Willing, eine nicht aktenkundige Korrespondenz sei gesetzwidrig. Sie und Herr Dr. Laus behaupteten, man habe meine Reise nach Adelaide aus »budgetären Gründen« nicht finanziell unterstützen können. Dies ist unwahr. Herr Dr. Laus hat vielmehr versucht, meine Einladung zu unterminieren, um einen ihm genehmen Mann an meiner Stelle nach Australien zu entsenden. Dafür war offensichtlich genug Geld vorhanden.
Das war der Dank des Hauses Österreich dafür, daß ich zahlreiche österreichische Autoren ins Englische übersetzt habe; davon sind rund 20 in Australien veröffentlicht worden.
Was Sie als »Untersuchung« bezeichnen, ist offenbar nichts anderes als ein Deckungsmanöver, das bis zum heutigen Tag andauert.
Im Verlaufe des Verhörs bedrängten Sie mich, ich müßte als Ehrenmann

eine schriftliche Entschuldigung an Herrn Dr. Laus abgeben. Wörtlich sagten Sie: »Wenn Sie Manns genug sind, werden Sie sich bei Dr. Laus entschuldigen.« Ich aber stehe auf dem Standpunkt, daß *nicht ich* die Ehre eines anderen verletzt habe. Und so frage ich Sie, welcher Mann würde solch ein schandhaftes Verhör durchführen? Oder anordnen? Ein Ehrenmann?

In der Folge weitete sich die Affäre aus:

1) Herr Dr. Laus und seine Mitarbeiter bezeichneten mich in mündlichen und schriftlichen Erklärungen als *geisteskrank.*

2) Ein offenbar aus Österreich stammendes Gerücht diffamierte mich in Jugoslawien, wo ich eine Auszeichnung für meine Übersetzungen erhalten hatte, als Spion.

3) Mein Name am Ende meiner Übersetzung einer Erzählung Peter Handkes, die in *Austria at Work and Play* erschien, wurde absichtlich entfernt. Herr Dr. Laus behauptete in einem Interview, er habe mich der Redaktion empfohlen. Selbstverständlich kann ich seither in dieser Zeitschrift nicht mehr publizieren.

Diese ungeheuerliche Affäre könnte aus der Welt geschafft, die ganze Wahrheit enthüllt werden: durch Öffnung des Aktes Nr. 1559-8/75. Nach dem Bundesgesetz Nr. 389 vom 11. Juli 1973 hätte ich das Recht, Einsicht in den Akt zu nehmen.

Am 30. März 1979 übermittelten Sie meinem Rechtsanwalt, Herrn Dr. Josef Starr, einen Bescheid, in dem Sie mir dieses Recht verweigerten. Am 28. September 1979 informierte das Hernalser Strafbezirksgericht meinen Rechtsanwalt darüber, daß meine Klage auf Ehrenbeleidigung gegen Herrn Dr. Laus abgelehnt worden sei. Am 15. November 1979 gab dasselbe Gericht meiner Beschwerde gegen diese Entscheidung nicht statt. Dieser Fall durfte also nicht vor Gericht kommen, weil ich während des Prozesses darauf bestanden hätte, den ominösen Akt dem Richter vorzulegen. Das Außenamt beharrt darauf, mir die Einsicht in diesen Akt zu verwehren, weil er Indizien gegen Herrn Dr. Laus enthält. Mein Ruf und meine Karriere sollen geopfert werden, damit Herr Dr. Laus mit liberaler Maske als literarischer Multifunktionär agieren kann.

Die Methoden sind von heute, der Geist von gestern. Ich habe ähnliches hier schon einmal erlebt.

30. März 1980 Herbert Kuhner

Es folgt das Protokoll eines Telephonanrufes, den ich zwei Wochen später erhielt.

15. April 1980

Heute morgen um 9.15 Uhr erhielt ich einen anonymen Telephonanruf.

»Herr Kuhner, wenn Sie Ihre Sache nicht einstellen, werden wir den Amtsarzt schicken!«
Dann legte der Anrufer auf. Das Telephon klingelte nochmals. Ich hob ab, aber am anderen Ende herrschte Stille. Meine Frage nach der Identität des Anrufers blieb jedoch unbeantwortet. Dann legte ich auf.

Herbert Kuhner

Für diejenigen, die nicht darüber Bescheid wissen, wie man in Österreich Menschen in die psychiatrische Klinik bringt, sei erwähnt, daß der Amtsarzt dabei die wichtigste Rolle spielt. Er wird zu demjenigen geschickt, dessen Geisteszustand fraglich ist, um zu entscheiden, ob diese Person in eine Nervenheilanstalt eingewiesen werden soll. — Ich möchte noch bemerken, daß ich zu jener Zeit eine Geheimnummer hatte.

Der Anrufer agierte ganz professionell. Die Profis rufen nach ihrer Drohung noch einmal an, um festzustellen, welche Wirkung ihr Anruf gemacht hat.

Meine Bemühungen, die letzten Kapitel meiner Geschichte zu veröffentlichen, scheiterten. Keine österreichische Zeitung oder Zeitschrift wollte die Sache weiter verfolgen. Der Herausgeber der Zeitschrift, die über die Geschichte anfangs ausführlich berichtet hatte, erklärte sich zwar bereit, eine Fortsetzung zu bringen, aber die Kulturredakteurin, eine Befürworterin der Aktionisten und deren Konsorten, wußte das zu verhindern.

In meiner Dokumentation hatte ich nicht geschrieben, woher der Anruf gekommen war. Das war auch nicht notwendig, denn es lag auf der Hand. Aber ich habe es so geschildert:

ANONYMER ANRUF IN ÖSTERREICH

Am 15. April 1980
um ¼ 10 in der Früh
klingelte das Telephon.
Ich hob den Hörer ab
und hörte:
»Herr Kuhner,
wenn Sie Ihre Sache nicht einstellen,
werden wir den Amtsarzt schicken!«
Dann legte der Anrufer
abrupt auf.
Also das wär's:
Hör auf, oder...

oder wir liefern Dich ein.
Wer ist der anonyme Anrufer?
Wer ist der Besitzer
dieser tiefen Stimme?
Ich möchte das Gesicht sehen,
das dazu gehört.
War's ein Cosa-Nostra Sizilianer,
oder ein Außenamt-
Austrianer.

Diese tiefe, hallende Stimme ist die Stimme eines Feiglings und Schurken, dem von Feiglingen und Schurken Befehle erteilt wurden. Er und jene sind würdige Nachfolger ihrer Vorgänger. Die geistigen Mörder von heute sind von derselben Art wie die physischen Mörder von gestern.
Leider ist ihr Verhalten nicht ungewöhnlich, sondern symptomatisch.
Warum sind die Dinge so, wie sie sind? Die Dinge sind so, wie sie sind, weil sie so sind, wie sie sind.
Warum ist die Mafia die Mafia? Die Mafia ist die Mafia, weil die Mafia die Mafia ist.
Die Antworten sind in den Fragen enthalten.

Da ich in Österreich in eine Sackgasse geraten war, mußte ich versuchen, den Fall außerhalb Österreichs zur Sprache zu bringen. Ich erkundigte mich, ob ich ihn sozusagen internationalisieren könnte; man erklärte mir, daß dies nur möglich sei, sofern der Fall vorher vom Österreichischen Verfassungsgerichtshof behandelt worden sei.
Dr. Starr meinte, daß ein solches Verfahren Jahre dauern könne. Ich sprach mit Alfons Marder, einem Richter beim Verfassungsgerichtshof, welcher mir abriet, den Fall weiter zu verfolgen. Ohne mein Wissen setzte er sich mit dem Außenamt in Verbindung und fragte, ob man etwas für mich tun könne. Er hat vielleicht gute Absichten gehabt, aber ich wollte nicht, daß diese Herrn glauben, ich bäte sie durch jemandes Fürsprache um einen Gefallen. Er erhielt einen negativen Bescheid, da ich ein »Intrigant und Querulant« sei.

Während die Travestie des Außenamts ihren Lauf nahm, schrumpfte natürlich die Zahl meiner Autoren-Freunde. Schließlich konnte ich sie an einem Finger abzählen. Frank hörte geduldig zu, als ich ihm den genauen Hergang schilderte. Er meinte, daß ich nicht den Funken einer Chance

hätte, an den Akt heranzukommen, und daß er sicher sei, der Fall werde nie vor Gericht kommen. Aussichtslos — mit diesem Wort beschrieb er meine Bemühungen. (Er sollte recht behalten.) Später wurde er Vizepräsident der sogenannten Österreichischen Liga für Menschenrechte und Herausgeber der Zeitschrift *Das Menschenrecht.* Als er mich fragte, ob ich nicht beitreten wolle, entgegnete ich ihm, daß ich während meines »aussichtslosen« Kampfes der Liga Unterlagen geschickt und keine Antwort erhalten hatte. Als ich von ihm wissen wollte, ob er zu jener Zeit schon Mitglied der Liga gewesen sei, bejahte er. Daraufhin fragte ich ihn, warum er mich denn nicht damals über die Liga informiert oder meinen Fall dort zur Sprache gebracht hätte. Er erwiderte, daß der ganze Konflikt doch bloß ein Mißverständnis sei. Offenbar brauchte ich nicht einmal mehr einen Finger, um meine Autoren-Freunde zu zählen.
Im Sommer 1980 traf ich Milo Bolton, meinen amerikanischen Kollegen und Mitherausgeber von *Austrian Poetry Today,* beim Dichter-Treffen in Struga. Als ich ihm bei einem Spaziergang entlang des Ohrid-Sees von den neuesten Ereignissen berichtete, ging er fast in die Luft. »Du hast schon einmal in ein Wespennest gestochen und willst es wieder tun!« brüllte er. »Kuhner, du wirst unser Buch zu Fall bringen!«
Ich hatte ihm meine Situation geschildert und ihm die *Index*-Artikel gezeigt, aber er hatte weder zugehört noch aufgepaßt; schließlich überredete er mich dazu, das Projekt mit ihm zu unternehmen. Vielleicht war sein Einwand berechtigt; würde ich zu einem weiteren Schlag ausholen, könnte das unsere geplante Anthologie gefährden, ja sogar zum Scheitern verurteilen. Aber er hatte es nicht gerade auf die netteste Art gesagt. Was blieb nun zu tun? Ich wurde überall blockiert und war mehr oder weniger mattgesetzt. Solange die Anthologie nicht gedruckt war, war ich angreifbar. Und wenn mich ein Schicksalsschlag treffen sollte, so wären wir beide geschlagen. Daher ließ ich die ganze Sache vorübergehend ruhen. Ich packte ein, aber nahm mir vor, nach dem Erscheinen der Bücher wieder auszupacken. Eine Geschichte ist eine Geschichte, und einmal muß sie erzählt werden.

Fünf Jahre später kam es im Österreichischen Kulturinstitut in New York zu einer Präsentation unseres Buches und meiner Anthologien mit Gedichten österreichischer Lyriker der kroatischen und slowenischen Minderheiten. Auch Lesungen an verschiedenen amerikanischen Universitäten wurden arrangiert. Aber der Direktor des Institutes wollte meinen Flug nach New York nicht bezahlen, obwohl Flugkarten für österreichische Autoren, die (nur) aus ihren eigenen Werken lesen, bezahlt werden. Die Ablehnung wurde damit begründet, daß die Initiative für die Präsen-

tation von mir ausging — und ich ja auf jeden Fall nach New York gekommen wäre. Tatsächlich hatte ich vermittelt, daß der Verleger von *Austrian Poetry Today* an der Präsentation teilnehmen würde, und Mike, der damalige Cheflektor, schlug vor, mich einzuführen.
(Erwähnenswert ist, daß der damalige Direktor des Instituts später Waldheims Wahlkampfleiter wurde. Nach dem erfolgreichen Wahlkampf mit antisemitischen Slogans veröffentlichte der ehemalige Wahlkampfleiter einen Artikel mit dem Titel: *Shalom für 1988.* Die Pointe darin war: Österreich brauche zum fünfzigsten Gedenkjahr des Anschlusses seine Juden.)
Ich hatte einen sehr angenehmen Flug. Die Nacht vorher hatte mich Bolton angerufen und gedroht, die Präsentation zu verhindern, weil er auf der Einladung nicht gebührend erwähnt worden war — nicht durch meine Schuld, muß ich hinzufügen.

Es stellte sich heraus, daß ich mich geirrt hatte, als ich dachte, nie wieder in *Austria at Work and Play* veröffentlichen zu können. Nach Rolkas Tod folgte ein neuer Herausgeber. Im Jahr 1982 sandte ich diesem ein paar Texte von mir. Und, Wunder über Wunder — ein Artikel und ein paar Lyrikübersetzungen wurden veröffentlicht. Nur eines fehlte: Ganz richtig, Sie haben es erraten — mein Name. Auch wurde mir kein Honorar überwiesen. In der folgenden Ausgabe erschien — natürlich — keine Notiz, daß die Texte von mir stammten. Die von mir verlangte Berichtigung in der darauffolgenden Nummer war dann so winzig, daß sie ohne Lupe kaum zu lesen war. Auszüge aus meinen Anthologien und andere Übersetzungen wurden auch in den folgenden Jahren in *Austria at Work and Play* veröffentlicht, aber ich hatte noch immer keinen Groschen erhalten. Ich schrieb dem Herausgeber einen Brief und ersuchte um Bezahlung meiner Arbeiten. Ich erhielt keine Antwort. Nach einem Monat schrieb ich wieder. Tags darauf rief mich Frau Leim, die Sekretärin des Herausgebers, an. Sie teilte mir mit kreischender Stimme mit, daß die Übersetzungen nicht angefordert worden waren und deshalb auch nicht bezahlt würden. Und sie fügte noch hinzu, daß alles nur mir zuliebe veröffentlicht worden sei. »Wir haben Sie nie gerufen. Sie haben uns die Tür eingerannt!« schrie sie. »Kommen Sie nie wieder zu uns!«
Ich erklärte ihr, daß ich ein Protokoll über den Anruf anfertigen werde, und fragte, ob sie im eigenen Namen oder im Auftrag des Herausgebers spreche. In seinem Namen, erwiderte sie. Da sagte ich ihr, daß ich dies schriftlich haben möchte; sie lud mich ein, ins Büro zu kommen, wo sie alles wiederholen würde und ich es auf Tonband aufnehmen könne. Ich er-

innerte sie an das soeben ausgesprochene Eintrittsverbot und fügte hinzu, daß ich einen Brief vom Herausgeber erwarte.
Nach einer Woche vergeblichen Wartens schickte ich dem Herausgeber und den vier Vorstandsmitgliedern der Zeitschrift das Protokoll dieses Telephongesprächs und die offene Rechnung. Daraufhin erhielt ich die schriftliche Weigerung des Herausgebers, mir Honorar zu zahlen, und zwar aus dem Grund, weil die Texte entweder gar nicht angefordert worden oder bloß Auszüge aus Büchern waren. Den Anruf seiner Sekretärin und ihre Äußerungen bedauerte er, meinte jedoch: »Es ist mir nicht erklärlich, was diese sonst so besonnene Frau dazu gebracht haben kann, die Nerven so zu verlieren und sich in der von Ihnen zitierten Weise zu äußern.«

Herrn
Helmuth Hammer
Herausgeber
Austria at Work and Play
Seligstraße 1
A-1010 Wien 5. September 1985

Sehr geehrter Herr Hammer!

Ich danke für Ihren Brief vom 21. August, in dem Sie sich weigerten, für meine Texte zu bezahlen, die in Ihrer Zeitschrift veröffentlicht wurden. Was Frau Leims Anruf vom 9. August betrifft, bezweifle ich, daß der mir übermittelte Bescheid improvisiert war. Ich glaube, daß dieser Anruf deshalb geplant war, um mich abzuschrecken, damit man keine schriftliche Zahlungsverweigerung erteilen mußte, was aber nun doch geschehen ist. (Man sollte aus der Dame keinen Sündenbock machen, das wäre nicht ritterlich.) Ihr Brief vom 21. August enthält eine fadenscheinigere Ausrede nach der anderen, und ich werde mich nicht herablassen, darüber zu debattieren. Als ehemaliger Chefredakteur einer großen Verlagsgesellschaft müßten Sie doch genau wissen, daß ein Verleger für alles Material, das er annimmt, zahlen muß. Ich glaube, daß es ratsam wäre, dies zu zun, da Sie keine gesetzliche Handhabe haben, sich zu weigern.
Als Herausgeber und Übersetzer von drei international anerkannten österreichischen Anthologien sowie von zahlreichen anderen Publikationen habe ich einen nicht unbedeutenden Beitrag zur Verbreitung von österreichischer Kultur geleistet. Ich weigere mich, beleidigt und ausgebeutet zu werden.

Laut dem Impressum Ihrer vom Staat subventionierten Zeitschrift ist deren Ziel »Öffentlichkeitsarbeit im Interesse des Ansehens Österreichs im Ausland, Förderung der Kommunikation in den Bereichen Wirtschaft und Kultur«.
Ich bezweifle, ob Ihrer Zeitschrift wirklich gedient ist, wenn öffentlich bekannt wird, daß:

Austria at Work and Play
does not pay!

Ich lege eine Liste von unbezahlten veröffentlichten Texten zur sofortigen Bezahlung bei.

Hochachtungsvoll
Herbert Kuhner

Am 9. September schrieb mir Herr Hammer, daß das Honorar überwiesen worden sei. — Der Betrag war zwar recht gering, aber es ging mir ja nicht nur ums Geld.
Nun kann ich mit Sicherheit behaupten, daß ich in dieser Zeitschrift nie mehr veröffentlichen kann.
Wer ist Hammer und welche Vorgeschichte hat er? Er stand einmal an der Spitze des Verlages der Sozialistischen Partei Österreichs. Nachdem er diesen fast zugrundegerichtet hatte, erhielt er einen unbedeutenden Posten; seine Genossen sorgten dafür, daß er weich landete. Man wird in solchen Fällen um ein paar Stufen tiefer, aber niemals vor die Tür gesetzt. Dahinter steht die Absicht, den Abgeschobenen am Ausplaudern von belastenden Tatsachen zu hindern.
Mit anderen österreichischen Verlegern ist es mir nicht besser ergangen. Ein Verlagsleiter stellte für die hiesige Präsentation der von mir übersetzten Anthologie eine dreiseitige Einladung zusammen, auf welcher — richtig: der Name des Übersetzers fehlte. Eine Präsentation desselben Buches wurde durch meine Vermittlung am 10. November 1983 im Amerikahaus organisiert. Am 9. November 1983 erhielt der Kulturattaché vom Verlagsleiter einen groben Brief, in welchem die Teilnahme des Verlages zurückgezogen wurde; dies hatte die Absage der Präsentation in letzter Minute zur Folge. Im Schreiben des Verlagsleiters waren jedoch keine Gründe für seinen plötzlichen Entschluß angeführt. Als ich ihn deshalb anrief, wurde mir mitgeteilt, daß er aus »politischen Gründen« gehandelt hätte. In der darauffolgenden Zeit wurde ich ständig mit Rechnungen für Belegexemplare schikaniert, die ich, wie mit ihm vereinbart, verteilt hatte.
Ein anderer Verlagsleiter gab mir den Auftrag, ein Kinderbuch zu über-

setzen. Einige Zeit nachdem ich die Übersetzung eingereicht hatte, wurde mir zugetragen, daß das Buch in einer anderen Übersetzung erschienen war. Derselbe Verlagsleiter hatte — obwohl es anders vereinbart worden war — meinen Namen vom Umschlag des Buches von *C* entfernen lassen. Außerdem ist die Verlagszeitschrift dazu benützt worden, dieses Buch und ein weiteres, das ich übersetzt hatte, in Besprechungen zu verreißen, obwohl beide in jeder Hinsicht erfolgreich waren. Vielleicht hat jede Geschichte zwei Seiten; das Recht zur Entgegnung wurde mir aber nicht gewährt. (Das scheint allgemeine Praxis zu sein.) Doch es gelang mir wenigstens, eine Erklärung in einer anderen Zeitschrift zu veröffentlichen. Hier sind Auszüge davon:
»X-Verlag hat sich mit der eigenen Hand ins Gesicht geschlagen! ... Anscheinend flößt die religiöse Dekoration, die das Büro des X-Verlages schmückt, kein anständiges und ehrliches Benehmen ein... Mit X-Verlag zu arbeiten, ist voll von Wundern. Der Blitz schlägt nicht nur zweimal am gleichen Platz ein, sondern — *ad infinitum!*... Wenn es ein Leben nach dem Tode gibt, wie die Philosophie des X-Verlages behauptet, möchte ich nicht mit den Redakteuren am selben Platz enden — wo immer der sein möge.« Und zum Abschluß: »Judas hat schlechten Atem und Brutus trägt einen Gummidolch!«

Als Hintergrundmusik zu diesem Bericht eignet sich wohl am besten die Melodie:
I know that you know and you know that I know...
Aber was kann man dagegen tun? Nicht viel, scheint die Antwort zu sein.
Die alternative Melodie dazu könnte sein:
If they asked me, I could write a book...
Sie haben mich nicht darum gebeten, aber ich habe es trotzdem getan. Ich muß Mike für den Anstoß danken, den er mir gegeben hat.
Was ist mit den Personen geschehen? *Business as usual,* ist die Antwort.
Laus wurde aus dem Ministerium entfernt, ein anderer Mann trat an seine Stelle. Ich weiß nicht, ob die Publizität, die Laus durch mich erlangt hat, zu seiner »Entfernung« beigetragen hat. Doch Laus macht sich noch immer wichtig und ist weiterhin in vielen Funktionen tätig.
Waschlapp wurde Botschafter in einem afrikanischen Staat. Vielleicht macht er einmal einen Sonntagsspaziergang und begegnet einem Löwen, der sehr hungrig ist.
Manchmal ist es möglich, die ganze Geschichte zu erzählen, wenn man nur einen Teil davon erzählt, aber das will ich für mich gar nicht in Anspruch nehmen. Vielleicht ist es im Grunde eine alte Geschichte; aber sie ist dennoch eine neue Geschichte, weil die Zustände immer die gleichen

sind. Ich habe dieses Buch mit heißem Blut geschrieben und mit kaltem Blut überarbeitet. Das ist, so hoffe ich, eine gute Mischung. Anders jedenfalls hätte es nicht entstehen können.
Ich stehe mit beiden Beinen fest auf dem Boden. Ich bin für meine Großmutter und für alle jene, die gestoßen wurden, eingestanden — für diejenigen, die von der Kredenz weggestoßen wurden, und für diejenien, die in den Tod gestoßen wurden. Ich habe die Herausforderung angenommen. Ich hoffe, daß meine Feder einige Löcher in die Schafspelze gestochen hat, damit das wahre Fell darunter zum Vorschein kommt. Was werde ich damit bewirken? Ich werde vielleicht auf der österreichischen Beliebtheitsskala um ein paar Punkte fallen, sofern dies noch möglich ist. Aber das kümmert mich wenig. Was immer auch geschehen mag, ich habe mich von einer Last befreit.
Was für ein Buch ist es geworden? Ich nenne es Literatur, die auf Tatsachen beruht. Vielleicht werden manche behaupten, dies sei nur ein Werk der Einbildung, das Produkt einer krankhaften Phantasie, das wirre Gerede eines Narren. Wer weiß, vielleicht wird der Amtsarzt an meine Tür klopfen. Er wird von mir ein Exemplar mit Widmung bekommen. Auch der anonyme Anrufer erhält ein Gratisexemplar — falls er sich mir zu erkennen gibt.

Nachwort

Dies ist der Bericht eines österreichischen Emigranten, der als Kind vor den Nazis in die USA flüchten muß, als junger Mann zum Schauplatz des Verbrechens zurückkehrt und entdeckt, daß sich an der moralischen Substanz des österreichischen Charakters seit 1945 im Grunde nur wenig geändert hat.
Vor dem Hintergrund exemplarischer politischer, kulturpolitischer und künstlerischer Emanationen eines intoleranten Provinzialismus, der auf erschreckende Weise immer unverblümter für überwunden geglaubte antisemitische Ressentiments zeigt, entwirft der Autor ein Kaleidoskop seiner persönlichen Lebenserfahrungen in Österreich, die so bitter, deprimierend, erniedrigend, ja furchterregend waren, daß er schließlich zu der schrecklichen Erkenntnis gelangt: „Als ich an meinen Geburtsort zurückkehrte, um hier zu leben, hatte ich das Gefühl, ich sei nie fort gewesen."
Ein wichtiger, authentischer Beitrag zum „Gedenkjahr" 1988.

David Axmann

Herbert Kuhner ist 1935 in Wien geboren. 1939 mußte er mit seinen Eltern die „Ostmark“ verlassen. Er wuchs in den Vereinigten Staaten auf, wo er sein Bachelor of Arts an der Columbia University bekam. 1963 kehrte er nach Österreich zurück und lebt seitdem in Wien als freier Schriftsteller und Übersetzer. Er veröffentlichte *Nixe* (Roman), Funk and Wagnalls, New York; *Broadsides and Pratfalls* (Lyrik), The Menard Press, London; *Vier Einakter*, Thomas Sessler Verlag, Wien. *The Assembly-Line Prince / Der Fließbandprinz*, als Roman und Theaterstück geschrieben, ist noch unveröffentlicht. Kuhner ist Übersetzer von neun Sammlungen österreichischer Lyrik, darunter *Austrian Poetry Today / Österreichische Lyrik heute*, Schocken Books, New York; *Carinthian Slovenian Poetry*, Hermagoras Verlag, Klagenfurt / Slavica Publishers, Columbus, Ohio; *Hawks and Nightingales: Current Burgenland Croatian Poetry*, Braumüller Verlag, Wien / Slavica Publishers, Columbus, Ohio.